JN166346

集英社オレンジ文庫

美酒処　ほろよい亭

日本酒小説アンソロジー

前田珠子
桑原水菜
響野夏菜
山本　瑤
丸木文華
相川　真

目次

月に桂の花をみる

相川 真

1

うららかな春が過ぎ、桜の木も新緑に覆《おお》われた頃。

大学の事務員、井口一葉《いぐちひとは》は、とある研究室を訪れていた。右手を腰に、左手では紙の束をつかんで目の前の男に突き付ける。

「――単刀直入に申し上げますが、この領収書は研究費としては一切認められません」

その男は一葉の剣幕に気圧《けお》されたように、目を丸くしながらソファに身を縮めていた。

文学部日本文学科の中居歌風《なかいかふう》准教授《じゅんきょうじゅ》だ。職員名簿を見た時、ずいぶんと雅《みやび》な名前だな、と思った覚えがある。

「それでええと、どちらさまだって？」

「入室の時にご挨拶《あいさつ》申し上げたはずですが」

「ごめん、全然聞いてなかったよ。本に夢中で」

へらりと笑う歌風に内心苛立《いらだ》ちを覚えるが、一葉は顔には出さずに冷静を保った。

「ではもう一度申し上げます。事務室、監査部の井口です」

「ああそう、よろしく」

軽くうなずいた歌風は、間違いなく美青年の部類に入る。

切れ長の一重《ひとえ》と薄い唇、軽くうねった長めの黒髪。端整な顔立ちに加え三十三歳という、准教授にしては若い年齢も含めて、学内では女子生徒に圧倒的な人気を誇っていた。

「研究費申請書だっけ。提出形式が違ってた？　今まではこれで大丈夫だったんだけどな」

そんな気の抜けたような笑顔で、ごまかせると思ったら大間違いだ。一葉は冷たい目で目の前の男を睨《にら》みつけた。

先生方の研究費を精査するのが一葉の仕事だ。領収書の内容が正しいか、書き方はどうか、無駄な経費を申請していないか。

だがこの准教授に関しては、それ以前の問題だ。一葉は呆《あき》れたように申請書を指した。

「あの、そもそもなぜ通ると思ったんですか？　この領収書、全部酒代ですよね？」

「うん。ぼくの研究に必要なものだよ」

けろりと返されて、一葉の苛立ちがつのる。

「お酒がですか？　ほかの先生方からは、こんな申請は来たことがありません」

「例えば、文学者の永井荷風《ながいかふう》は、毎日かつ丼と一緒に日本酒を一合飲んでいたというし、太宰治《だざいおさむ》の作品の中にも酒の描写は多く見られるよね。彼らの文学観を知る上では、欠かせないものだよ」

ほら、大事だろう。そう言わんばかりに、ちょっと胸を張るところがなお腹立たしい。

「言っておくけど、ぼくはことさら酒を好むということはないよ。……ないんだけど、研究のためだから。仕方がないと涙を呑んで、酒も飲んでいるんだ」

……なんていけしゃあしゃあと適当なことを言うんだろう。

一葉が呆れ半分、怒り半分で唖然としていると、歌風は顔色一つ変えずに整った片眉を跳ね上げた。

これはもしかして、馬鹿にされているんじゃないだろうか。

「それに前任の森《もり》さんは、これでいいって言ってたよ？　ああ、でもあの人も時々を文句を言いに来てたっけ。でもあれはうちの酒目当てだと思うんだよな」

「うちの酒？　研究対象のはずの酒を、部外者に飲ませたんですか？」

「……あー……っと、他人の客観的な意見の聴取です」

「……ああ言えばこう言いますね」

とにかく、何とか言質《げんち》を取るか何かして、申請を突っ返してやりたいところである。

「――では、論文か研究ノートか必要な証拠を見せてください」

「面倒だなあ」

「面倒でもなんでもお願いします。そうですね、三日後に確認に来ますから」

一礼して部屋を出る時、歌風がわずかに肩をすくめたのを見た。ため息の後に、くすりと笑い声。

「森さんの後任にしては、ずいぶん真面目《まじめ》なのが来ちゃったなあ」

扉が閉まる寸前に、それは一葉の耳に届いた。

……なんだかすごく腹立たしい。

「やっぱり、問題児だわ」

一葉は、パンプスのヒールを叩き付けるように歩きながら、手のひらを握りしめた。

森は一葉の前任者だ。

一葉が監査部を引き継ぐ前、まだ桜の咲く前だった頃を思い出す。

森はこの職場で、一葉のことを気にかけてくれていた、たった一人の人だった。

※

一葉は『鋼鉄女史』という、本人にとっては非常に不本意なニックネームを背負っている。

よんどころない家庭の事情で、一葉は幼い頃《とし》からしっかりした子どもだった。整理整頓《せいりせいとん》が得意で、きっちり四角四面《しかくしめん》に物事をやり遂げることに達成感もあった。

だから事務員という職種は、少々行き過ぎるぐらい向いていたと言ってもいい。

もう五年前の話になる。二十七歳の一葉が、まだ新卒だった時だ。

早々に戦力として一人立ちした一葉は、いくつかの些細《ささい》な要因で――少しばかり不愛想なのと、背が高くて化粧っ気がないこと――同期や先輩たちから、どうもとっつきにくいと思われたようだ。

それから五年経《た》った今でも、完璧主義の『鋼鉄女史』は一葉に付きまとって離れない。

その頃から監査部は、「森さん」というおじいちゃん事務員が勤めていた。雪だるまのような風貌で、学生や先生、事務員にまで皆に好かれる人だった。

その人は、どうもことさら一葉に優しかった。

その日一葉は、事務長から「明日までなんだ、君ならできるよね。『鋼鉄女史』の意地を見せてくれ、はは」なんて悪気のない笑い声付きで任された仕事に、行き詰まっていた。

「わたし、いつまで『鋼鉄女史』って呼ばれるんですかねえ……」

そういう日に森はいつもやってきて、休憩室で一緒にコーヒーを飲んでくれた。そうして他愛ない愚痴を聞いてくれるのだ。

「おや、いつも、なんてことないって顔をしてたから、平気なんだと思ってたよ。そのあだ名」

「顔に出ないだけですよ。このあだ名のせいで、新卒の子だってビクビクして近寄ってきてくれないんです」

新卒の子が、「井口さんってあだ名通り、やっぱり怖そうですよねぇ」とヒソヒソ話をしていた時には、一葉もさすがに傷ついた。

「事務長だって、手間のかかる仕事ばっかり振ってくるし……」

「一葉ちゃんは頑張り屋さんだからねえ。ついつい引き受けちゃうんだよねえ」

「森さんだけですよ、そう言ってくれるの」

一葉が職場でこんな風に縋《すが》れるのは、今のところ森だけだ。

森はいつも一葉の背をぽん、と叩いてくれる。何かを促されるような、励まされるような。そのあたたかさが好きだった。

「たまにはダダをこねてみたらどうだい？　それはわたしの仕事じゃないんですって」

「森さん、知ってるじゃないですか。わたしがそういうの苦手だって」

差し出された仕事は反射的に引き受けてしまう。残業超過は日常茶飯事だ。

どうせ『鋼鉄女史』ですよ、ハイハイ、なんて卑屈のこもった意地がないとは、自分でも言い切れないところが悲しい。

「そんな一葉ちゃんに、実は一つお願いごとがあってね」

森は最後に一度一葉の背を叩いて言った。

「ぼく退職することになったんだ。持病が難しい状態でね。それで一葉ちゃんに、監査部を引き継いでもらおうと思って」

一葉は驚いて声も出なかった。この職場で唯一の安らぎの場所がなくなってしまうのか。

「大丈夫、一葉ちゃんになら務まるよ」

そうしてひと月前、一葉にすべてを引き継いでいった森が、最後にことさら強く言い残したのが、中居歌風准教授のことだった。

「歌風君は結構問題児だけど、面白い先生だよ。まあ一葉ちゃんなら大丈夫かな」

※

全然大丈夫じゃないです、森さん。

翌日、所用で二度目に訪れた歌風の研究室で、一葉は信じられない光景を目《ま》の当たりにしていた。

三人の学生が歌風の前で、神社さながらにぱんっと両手を合わせている。机にはお供え物のように、日本酒の一升瓶がささげられていた。

「――この間の歌風先生の講義、おれ――夏木《なつき》と、この仲原《なかはら》、あと三嶋《みしま》と谷先《たにさき》。四人分の出席ください、お願いします！」

学生が出損《でそこ》ねた授業の、出席加算のお願いに来るのは珍しいことではない。たいていはレポートや課題提出と引き換えになる。

けれどこの研究室は、少々勝手が違うようだった。

「うん、わかった。次は気を付けること」

歌風があっさりとうなずいたのを見て、一葉はふら、とめまいすら覚えた。

「ちょっと中居先生、それだけですか⁉」

一葉は思わず割って入った。

「あれ、いたの井口さん」

「いましたし、お声がけもしました。そうじゃなくて……日本酒で出席を売るとか、何を考えていらっしゃるんですか！」

「売ってないよ。ええと、そうだな……彼らは文豪たちの私生活の研究のために、この酒を買って詳しく分析してみた――んだよね」

言葉の最後に、歌風が学生二人を見やった。

「ええ、そういうことです」

声をそろえて二人がうなずいた。肩をすくめているところを見ると、多少決まりが悪いとは思っているらしい。

二人は歌風に一礼して、ちらりと一葉の方を見た。

「すいません先生、おれたち授業があるので失礼します」

逃げるように退出していった後、ドアの向こうで笑い交じりの盛大なため息が聞こえた。

――危なかったー、あれ事務の井口サンだ。ウワサの『鋼鉄女史』。

――どうりで真面目なわけだ。前の森さんならちょっと笑って終わりだったのになあ。

一葉は脱力した。学生にまで知られているのか、そのあだ名は。

「それで井口さんは何の用事？　証拠を見せるっていう約束は三日後だったよね」

一葉は一つため息をついて、とりあえず自分の用を済ませることにした。

出席の件も気になったが、学生たちに「研究だから」と言い逃れられてしまえば、深く追及はできない。

「一つお伺《うかが》いしたいことがあって来ました。中居先生は森さんと仲が良かったんですよね」

「うん。よくお酒も飲んでたよ。それが？」

一葉は少し迷って、ジャケットのポケットに手を差し入れた。四つ折りの小さな紙片を歌風に差し出す。

ここ数日一葉をずっと悩ませているものについて、手がかりを得られたらと思ったのだ。

「これ、知っていますか？」

「何それ？」

「監査の仕事に目安箱のチェックがあるのですが、ここ何日か同じような紙片が入っているんです。森さんから何か聞いていませんか？」

「目安箱って、職員室棟の階段下の？　あれちゃんと機能してたんだね」

一葉は苦笑した。引き継いだ当初、一葉も同じことを思ったからだ。何年か前の学生たちが設置したのだが、ほとんど忘れ去られているようだった。

見捨てられた目安箱を管理するなんて面倒だな、と一葉が思い始めた矢先のこと。今まで空っぽだった箱に、突然白い紙片が入れられていた。

歌風は興味なさそうに紙片をつまみ上げた。開いた中の文字を読み上げる。

「『西館裏に不審物があります』か。ずいぶん物騒だね」

「森さんから、こういう悪戯《いたずら》のことを聞いていませんか？　引き継ぐ前からもあったのかどうか知りたくて」

「――いや……森さんの時には何も聞いていないな。これって今回が初めてなの？」

「いえ。昨日と一昨日、今日で三日目です」

「その不審物っていうのが、何か確かめた？」

「一昨日はカーテンが木に引っかかっていて、昨日は空のゴミ袋、今日はまたカーテンです。一人で片づけるの大変だったんですから。ひどい悪戯ですよ」

歌風は紙片を眺めながら、わずかに目を細めた。

「ふうん、それはまた――無粋《ぶすい》だなあ」

「何か思い当たることでもありますか？」

「……いや。だけど一つ気になることはあるかな」

歌風は机に肘《ひじ》をついて、一葉を見上げた。

「君、昨日も一昨日も一人で確かめに行ったのかい？」

「そうですけど」

「どうして？」

「それがわたしの仕事だからです」

歌風は大げさにため息をついた。

「このご時世、他人が入り放題の大学構内で、不審物騒ぎなんて、万が一を考えた方がいいと思うけどね」

一葉は首をかしげた。

「ですから、学生に何かあってはいけないので、迅速《じんそく》に対応したのですが」

「そうじゃなくて」

歌風が呆れたように髪をかき混ぜる。一葉は眉をひそめた。自分の対応に問題はなかったはずだ。

「一人で確かめに行って、君に何かあったらどうするの？　ってことだよ」

一葉は目を見開いた。ああそうか、そういう考え方もあるのか。

「……今気が付きました」

誰かについてきてもらうなんて、一葉の選択肢にはなかった。歌風が頬杖《ほおづえ》をついてわざとらしく嘆息《たんそく》した。

「……さすが、森さんが見込んだだけある」

「どういう意味ですか？」

「君も問題児だってことだよ」

歌風はそれきり、紙片を手にじっと考え込んだまま、一葉がいくら声をかけてもうんともすんとも言わなくなった。


研究室を辞した一葉は、監査部のデスクに戻った。

事務室の端、パーティションで切り取られた小さなスペースだ。壁際《かべぎわ》には古びたドアが一つあって、職員室棟の裏庭に続いている。庭には古い池があるから危ないと、学生は立ち入り禁止になっていたはずだ。ドアに切り取られた小さな窓からは、青々とした葉が茂る桜の木が見えた。

『この桜は、ここからしか見えないんだよ。春なんて、一人占めしているみたいで最高だった』

森はよくそんな話をしてくれた。

ふいに懐かしいような心細いような、そんな気持ちになって、一葉は軽く首を横に振った。

一葉はデスクに山積みになっている仕事に手をつけ始めた。時計を見ると、一時間ほどで定時を迎える。今日は残業確定だ。

監査部は一人部署だ。手が回らない時は事務室のメンバーに「手伝って」と声をかけることになる。森はこれが得意で、一葉はとても苦手だった。

声をかけたら怖がられてしまうかもしれない。わたしは『鋼鉄女史』だから。だったら一人で片づける方がいい、と一葉は思ってしまう。

定時を過ぎて、ちっとも終わらない仕事を黙々と片づけながら、一葉はぼんやりと歌風の言葉を思い出していた。

『君に何かあったらどうするの?』

「――心配してくれたのかな……」

一葉はぽつりと呟《つぶや》いた。じわっと胸の内が温かく満たされる。

今まで一葉のことを心配してくれたのは、森くらいのものだった。

今胸に広がるこの温かさは、森がぽんと叩いてくれたあの手のひらの温度によく似ているような気がした。

※

一葉は監査部の仕事の一つである目安箱のチェックを、毎日十三時に行うと決めている。

歌風の研究室を訪ねた次の日、時間通りに箱を開けた一葉はため息をこぼした。

例の紙片が今日も入っている。そこには、いつものように文字が一行分書かれていた。

――南一号館裏で異臭《いしゅう》がします。

行かなくちゃ。そう思った時、ちらりと昨日の歌風の言葉が頭をかすめた。

「……いや、悪戯《いたずら》だし大丈夫だよ」

一葉は言い訳がましく呟いた。事務室に戻って誰かに声をかける――それは、『鋼鉄女史』の一葉にとって、まだ難しいことだ。

南一号館は、学校正門に最も近い校舎だった。

一葉は校舎の横を通って裏に回った。さくさくと下草を踏んで歩いていると、ふいに鼻をふわりと甘い匂《にお》いがかすめた。

なんだか覚えのある匂いだ。

あまり五月の空の下には似つかわしくないような。

校舎裏にたどり着いた時、その匂いの正体はすぐにわかった。

「――梅だわ……」

青々とした葉がついた梅の木に、赤と白の花が散っている。

風に揺られるとはらりと花が落ち、そのたびに甘くさわやかな香りがすうっと一葉の胸を満たした。

一葉はしばらく声も出ないまま見入った。

こんな季節に、梅の花が咲いているわけがないのに。

ふと足元に視線を落として一葉は瞠目《どうもく》した。落ちた花弁を見て、それが本物ではないと気が付いたからだ。

それは小さな和紙の花だった。指先でつまんで手のひらに乗せる。深紅《しんく》と白の二種類、一枚一枚に甘い梅香《ばいこう》がしみ込んでいた。

これが異臭の正体だとしたら、昨日までの悪戯とずいぶん雰囲気が違う。

「――文香《ふみこう》か。梅香のものとは珍しいね」

突然背後から声をかけられて、一葉はびくりと肩を跳ね上げた。

「歌風先生！」

振り返った先で、歌風が梅の花を指先でつまんでいた。そのままひょいと指先を上に向ける。校舎の窓が一つ開いていた。

「上から君が見えたから降りてきたんだ。君はまた一人で調べているのかい？」

一葉はぐっと唇を結んだ。痛いところを突かれた。

「……なかなかこういうことに付き合ってくれる同僚もいないんですよ。ほら、わたし、友だちいなさそうでしょう？」

自分で笑い飛ばした方が、まだ痛くないことを一葉はいつの間にか覚えた。

「確かに」

「肯定されると、それはそれでなんとも言えませんね」

「――別にいいんじゃない？」

それは予想外の返事だった。一葉は目を瞬《またた》かせた。

「ぼくも友だちは少ない方だけど、別に不自由はしていないし」

意外だと、一葉は思った。歌風は人あたりがよく、学生たちにも好かれている。友人は多そうだと勝手に思っていた。

「そうは見えませんけど」

「だったら努力の成果だね」

「え？」

「いや、なんでもない」

一方的に切り上げて、歌風は指先でしばらく花びらを弄《もてあそ》んでいた。

沈黙に耐えきれなくなって、一葉は足元の梅の花を拾い集めながら問うた。

「さっき言ってた『フミコウ』って、この梅の花のことですか？」

「うん。文の香と書いて、『文香』。手紙を送る時に一緒に入れるんだよ。本来は香木を削って紙で包むんだけど、今はこういう風に、和紙にオイルなんかで香り付けしたものも多いみたいだね」

「はあ、なんだか雅《みやび》ですねえ」

一葉には縁遠いものだが、文学部の准教授ともなるとこういう雅な感じに手紙をやりとりするのかもしれない。

「季節や手紙の内容で、香や形を選んで送るんだよ。梅だと初春かな」

歌風は懐《ふところ》から手帳を取り出してペンを走らせた。ほら、と促されて見ると、角ばった字が連なっている。

漢字が五つ並んでいる。少し意外だった。もっと柔らかな字を書くと思っていたから。

『魁春開雪中』

「『春ニ先駆ケ雪中ニ開ク』、と読むんだ。梅のことだよ。厳しい雪の中で真っ先に春を連れてくる、という意味」

一葉は思わずうなずいた。確かに梅が咲く頃はまだひどく寒いけれど、あの香りをかぐと不思議と春が来た心地がする。

「綺麗な言葉ですね」

「実はこれ、森さんが教えてくれたんだけどね」

手帳を閉じた歌風は、それを懐にしまった。

「へえ、森さんて案外雅な人だったんですね」

歌風は一瞬言葉に詰まった。

「ううん、雅なのかなあ。これ酒の銘柄《めいがら》だから」

「またお酒ですか……よくよくお酒にご縁のある研究室ですね」

多少の皮肉を込めて言ったのだけれど、歌風は飄々《ひょうひょう》と笑うだけだった。

「ぼくに酒を教えてくれたのは森さんだよ。『寒梅《かんばい》』の銘のつく酒を持ってきてくれてさ。その頃行き詰まってたぼくに教えてくれたんだ。——たとえ一人でも、おのれがさきがけに咲いていれば、友はおのずとやってくる」

歌風は、こっちを向いて柔らかく笑った。

「一人で凜《りん》と咲いてる梅が、春を連れてくるから格好いいんだって、森さんは言ってたよ」

すぐにそっぽを向いてしまったそれが、照れ隠しなのだと気づいた頃には、歌風はもう背を向けて歩き出してしまっていた。

一葉はぽかんと口を開けて、しばらくその場から動けないでいた。

——もしかしてあれは、わたしを励ましてくれたのだろうか。わたしが、友だちがいないと言ったから。

突っ立ったまま歌風の背を視線だけで追って、一葉はふいに泣きそうになった。

ぽんと背を叩かれるあのあたたかさを思い出したからだ。

歌風は一葉のことを「君も問題児」と言った。あれは自分のことも指していたのだと今更気が付いた。

歌風も、森のあの手のひらのあたたかさをかみしめていた時があったのかもしれない。

今の一葉のように。

※

歌風《かふう》の研究室を一番最初に訪ねてから三日。証拠を用意してほしいと言った、その約束の日だ。

十三時、一葉《ひとは》は研究室を訪れる前に目安箱を開けに行った。やはり、新しい紙片が入っていた。

——池の亀が増えています。

「なんで⁉」

一葉は思わずそう言った。昨日の梅といい、以前とはずいぶんちがわないだろうか。悪戯《いたずら》の方向性がわからなくなってきた。

「これ、確かめに行く必要あるのかな……」

亀が増えたところで害があるとは思えないが、目安箱に入っていた以上放ってもおけない。

一葉はどことなく腑に落ちないまま、中庭へ向かった。

中庭から外れた小さな池には、普段あまり人が近づかない。学生が捨てたミドリガメが数匹繁殖しているらしいと聞いていた。

「……ここまでくると悪戯というより、なんだかもっと違うものを感じる」

池には確かに亀が増えていた。

――ただし折り紙の。

岩の上、草むら、看板。一匹一匹丁寧《ていねい》に折られた亀の折り紙が、そこかしこに置かれている。それを本物の亀がこつこつとつついているのが、どうにも微笑ましくて、一葉は思わず、くすりとしてしまった。

亀の折り紙を一つポケットに突っ込んだまま、一葉は歌風の研究室を訪れた。

「中居《なかい》先生、失礼します……何やってるんですか」

机に腰掛けて腕を組んでいた歌風は、まさしく「待ち構えていた」風であった。

盛大なドヤ顔で本を一冊、こちらに放り投げてくる。

「君が証拠証拠とうるさいからね。ほら見て」

「『文豪たちがたしなんだ酒』……新聞連載のまとめですか？」

「ここを見て。ぼくも寄稿しているよね」

「寄稿って、十六人の中の一人じゃないですか。しかも先生の本来の研究は『近代文学と大戦期の国民動員との関係性』だったはずですよね」

「ぼくの論文を読んだのかい？　事務員なのに？」

「研究費を検《あらた》める以上、当然です」

難しすぎて理解できず、泣きそうになりながらページをめくったことは、黙っておく。弱冠《じゃっかん》三十三歳で准教授になる人の論文は、さすがに難解だった。

「そのためにあの量のお酒？　そもそも論文の時期と領収書の日付が、全然違うじゃないですか」

沈黙が続いて、歌風の視線が左右に泳ぐ。

もしや言い負かせたかも……！

勝利の予感に一葉の唇が吊り上がる。だが歌風はすぐに態勢を立て直した。

「ああ、待って。連載は継続中だから、ぼくもまた依頼されることがあるかもしれない。……いつかはわからないけど。仕事に全力を注ぐのは社会人の役目だし、何より研究者として新しい知識を吸収し続けることは義務だ」

「く……」

今度は一葉が黙る番だった。

歌風が目の前で、勝ち誇ったように胸をそらして笑っている。

これは分が悪い。一葉は、手のひらを握りしめた。

「――っ、次からはありませんからね。というか准教授って高給取りじゃないですか。お金稼《かせ》いでるんだから、お酒ぐらい自分で買ってくださいよ」

ひとしきり言い負かして満足したのか、歌風は余裕の笑顔で、あたりに散らばっていた本を片づけ始めた。四隅を合わせて丁寧《ていねい》に積んでいく。

「……あの本、さっき一生懸命探したんでしょう。見え見えです」

「何のことかわからないな」

ふと顔を上げた歌風が、一葉のポケットを指した。

「それどうしたんだい?」

言われて、一葉もポケットに亀の折り紙を突っ込んでいたことを思い出した。

「今日の投書ですよ。『池の亀が増えています』って」

「また一人で調べたのかい?」

「放っておいてください」

一葉はすっと目をそらした。ポケットから亀を出して机にそっと置いた。丁寧に折られた折り紙の亀に、黒い目がちょん、と描かれていて、思わず笑みがこぼれる。

「誰が作ったんでしょうね。ちょっとブサイクで愛嬌《あいきょう》ありますね」

「うん。似てるね、君と。並ぶとそっくりだ」

それは「愛嬌がある」という部分か、「ブサイク」な部分かどっちだ。一葉は自分の頬がひくりと動くのがわかった。

「……女性に対して失礼って言われませんか？」

「あれ、褒《ほ》めたつもりなんだけどな」

「どこがですか」

歌風は机の上の亀をそっと持ち上げた。

「亀は一歩一歩確実で堅実なんだよ。三国志の曹操《そうそう》だって、亀に神の姿を見て詩を詠《よ》んだぐらいだ。真面目《まじめ》で堅実で……ほら、君と似てる」

確かに思ったより褒められていて、一葉の方が面食らった。

「足は遅いけどね」

「……褒められているのかけなされているのか、またわからなくなってきました」

歌風が声を上げて笑った。

「――足が遅い亀が頑張って速く走ろうとするから、無理がでるんだよ」

亀を机の上に戻して歌風は言った。

一葉は黙って唇をかんだ。

似ているとと言われたからだろうか。自分のことを言われている気がした。わたしは無理して走っているように見えるのだろうか。

歌風は続けた。

「むかし森《もり》さんが教えてくれたんだよ。あの人授業が終わった頃に酒瓶をどっさり持ってきてさ、そこから二人で延々と飲むわけ。それでいい頃合いになると、酔っぱらった森さんが笑いながら言うんだよ。『亀』の銘柄の酒瓶を抱えてさ、『歌風君、亀には亀の良さがあるんだよ』って」

歌風と目が合った。じっとのぞき込まれて、そらすこともできずにその瞳に魅入《みい》られてしまう。

「ゆっくりでいいんだよ、別に。何に追われてるわけでもなし」

その言葉は一葉の胸に突き刺さった。

「――って、森さんが言ってくれたんだ」

歌風の声はどこか懐《なつ》かしむようだった。

「……どうして、わたしにそのお話を？」

一葉は揺れる感情を懸命《けんめい》に押し殺した。泣きそうだった。

「さあね」

笑顔ではぐらかされる。

この人はわたしの何を知っているんだろう。森さんが何かを話したのだろうか。
「……この亀、持って帰りますね」
亀の折り紙を手に研究室を辞して廊下を歩きながら、一葉はぼんやり考えた。
一つだけ確かなことは。この一連の投書の悪戯が偶然ではないだろうということだ。
――きっと、歌風が関《かか》わっている。
一葉はぎゅっと唇を結んだ。
でもどうして――？

2

一葉《ひとは》は自分のデスクの上に、梅の文香《ふみこう》と亀の折り紙を飾ってみた。

朝、出勤してデスクの上を見て気持ちが軽くなる。今日ぐらいはいいことがあるかもしれない。たまにはほっとする時間だって必要だ。

そんな風に思っていたら、ある日朝礼でツケが来た。

「――この残業時間はどういうこと？　井口《いぐち》君」

事務部全員がそろっている前で、一葉は事務長に名指しでつるし上げられた。周りが肩をすくめている中で、一葉はうつむいたまま顔を上げられずにいた。

「仕事量が多いのはわかるよ。でも前任の森《もり》さんの時も、事務部でフォローに入っていたから、それが前提の部署だっていうのはわかってるはずだよね。確かに君は人より仕事ができるかもしれないけど、もう少し協調性を持ってみたらどうかな」

すみません、とこぼれた声は、自分でも驚くほどか細かった。

かわいそうに、という周囲からの憐憫《れんびん》の視線が痛い。一葉は逃げるようにパーティションの内側に駆け込んだ。誰もいない場所でそっと涙をぬぐう。

一人で仕事をしたいわけでも、能力をひけらかしたいわけでもない。

だけど、『一人でちゃんとやらなくちゃいけない』のだ。

これは、もう一葉の習い性だった。


井口家は大家族だった。

父と母は共働き、一葉が長女で、十三歳の時に弟が生まれた。その後立て続けに三人。

年の離れた四人の弟の世話は、一葉の仕事になった。

『長女』という仕事をよく全《まっと》うしていたと自分でも思う。母は一葉にいつも言っていた。

「一葉はみんなのお手本にならなくちゃね」

完璧主義の『鋼鉄女史』は、きっとここから生まれたのだ。

お弁当の用意、洗濯、掃除、学校へ行って、保育園へお迎え。ご飯を作って――弟たちを寝かせてから勉強をする。部活にも入れないし、夏休みにも遊べない。

高校三年生の時、四日間の修学旅行から帰ってきた一葉の前で母は言った。

「お帰り一葉、楽しかった？　ああ、でもやっぱり一葉がいて家のことをやってくれると助かるわ。わたしは仕事に集中できるもの」

あの人に悪気はない。家計を維持するために、働かなくてはいけないのもわかる。

「一葉はお姉ちゃんだから、一人でちゃんとできるわよね」

だから一葉は、一人でやるしかなかったのだ。

それは今でも変わらない。


パーティションの内側で一葉は口元をぎゅっと結んだ。仕事をしなくてはいけない。

その時、一葉のポケットでスマートフォンが震えた。メールが一通。母からだった。

「どうして洗濯をやっておいてくれなかったの？」

――どっと脱力感が襲ってきた。

頑張ったら頑張っただけ報《むく》われると思っていたこともある。本当はそうじゃないと知ってからずいぶん経《た》った。

一生懸命頑張っても、それだけ周りから味方は減っていく。

「わかった」と、それだけ返信した。

どこか虚《うつ》ろな気分で書類を片づけながら、一葉は目安箱を見に行くまでの時間を、無意識に数えていた。

※

次の投書に書かれていたのは、たったの一行だった。

――図書館裏

「とうとう場所だけになったわね……」

呆《あき》れながらも一葉の歩みは軽かった。

今日の歌風《かふう》は何を見せてくれるんだろう。いつの間にか自分がそれを楽しみにしていることに気がついて、一葉は苦笑した。

図書館裏は綺麗に刈り取られた芝生《しばふ》になっていた。

足を踏み入れた途端、甘い匂《にお》いが鼻をくすぐる。かぎなれた匂いに、一葉は反射的に『秋』を想像した。

――金木犀《きんもくせい》の匂いだ。

このあたりは秋になると、金木犀の香りが満ちる場所だった。一葉は新緑の茂る金木犀の木々の間を通りながら、わずかに混じる懐《なつ》かしさすら感じる香りをたどっていく。

一本の木に、枝が二つ括《くく》り付けられていた。こんな季節なのに、花が咲いている。一本にはオレンジ色の小さな花が、あの馴染《なじ》みある香りを振りまいている。もう一本には、白い小さな花がついていた。かいでみるとほとんど香りはない。ポケットに突っ込んでおいたスマートフォンで調べると、『銀木犀《ぎんもくせい》』という、金木犀の近種らしかった。

枝をほどいて手に取ると、オレンジ色の花がぽろぽろと落ちて香りが舞う。

これは一葉に与えられたものだ。

それがこんなに心強いものだとは。

一葉は二枝を片手にまとめて立ち上がった。

お礼を言わなくちゃいけない。どうしてこんなことをしてくれたのか、その理由も聞きたいから。


定時で仕事を片づけて、一葉は立ち上がった。帰りに歌風の研究室に寄るつもりだった。木犀の枝を大切な物を扱うようにそっと手に取った一葉は、ふと顔を上げて眉をひそめた。監査部のドアの、小窓だけから見える北庭。その桜の木の根元に人がたむろしている。学生たちだった。一葉は反射的に腰を浮かして、ほとんど開かずのドアと化していたそこから走り出た。

「ここは学生立ち入り禁止です！」

同時にこちらを振り向いた顔は四つ。うち二人は見覚えのある顔だった。あの日歌風の研究室で、一升瓶を渡していた顔だ。

「やばっ、井口さんだ、今日は早い！」

「だから早くしろって先生も言ってただろ、馬鹿！」

「だってこいつが……！」

パズルのピースがかちり、かちりと一つ一つはまっていくようだった。

立ち入り禁止の北庭は、監査部からしか見えない。連日の投書は十三時に開けると決めていた。『不審物』は、今思えばまるで監査部から遠くへ誘導するようではなかったか。

何の理由かは知らないが、彼らがこの北庭に入り浸《びた》るために、一葉が邪魔だったのだ。だから投書箱を使って遠ざけようとした。

そして、彼らが呼んだ『先生』――。

「……中居《なかい》先生もこのことを知っているのね」

わたしを励まし慰《なぐさ》めてくれるためかもしれない。それがいっそ笑えるほどの勘違いだったのだと、今気が付いた。

一葉の手は木犀の枝を握っていた。オレンジの花がこぼれる。甘い匂い。捨てるつもりで振りかぶったのに、握った手は枝を放してくれない。

「あ、あの井口さん、おれたちワケがあって……」

「戻りなさい」

「話を聞いてくれませんか……？」

「すぐにここを出てください。ここは立ち入り禁止です」

学生四人は互いに顔を見合わせた。知らない顔がぼそりと言い残した。

「ホント噂《うわさ》通りの『鋼鉄女史』ってか、真面目《まじめ》で融通利《ゆうずうき》かないんっすね。森さんなら……」

一葉はぐっと手のひらを握りしめた。

森さんなら何？　森さんなら許してくれた？　そうよ、あの人は優しかったもの。わたしはそうじゃない。

だから毎日投書の場所へ行って、だんだん慰められていく一葉を見て、彼らはどこかで笑っていたのだ。

一葉の手のひらから力が抜けて、木犀の枝が足元に転がった。

学生たちが互いに顔を見合わせてそそくさと庭から出ていく中、一葉はその場に座り込んだ。

「うぇ……っく、ぅ……」

かみ殺しきれなかった嗚咽《おえつ》が零《こぼ》れた。何年かぶりに、自分にすら言い訳ができないほど痛かった。

そうやってどのくらい経《た》ったのだろうか。涙でぼやけた視界に、誰かの影が映り込んだ。

見上げると歌風が立っていた。

「──学生たちが血相変えて呼びに来た。何かと思ったら、あいつらバレちゃったのか」

この人の声で反射的に肩から力が抜けるのが、すごく悔しい。一葉は歌風を睨《にら》みつけた。

あなたのせいなのに。

「ほら、立って」

「いやで、す……。いりません、さわんないでください」

「ここで座り込んで同僚に見つかるつもりなの？　君はそういうの、苦手だと思っていたんだけど」

そうやって人のこと知ったふりをするような歌風にも腹が立った。

歌風は右手で一葉の腕をつかんで立ち上がらせると、左手で放り出されていた金木犀の枝を二本拾い上げた。

「ほら、行くよ」

あたたかな彼の右手に引きずられるまま、あらがう気力も一葉には残っていなかった。


歌風の研究室に戻ると、四人の学生がきまり悪そうに待っていた。

左から、夏木《なつき》、仲原《なかはら》、三嶋《みしま》、谷先《たにさき》。全員中居ゼミの学生で、三年生だった。夏木と仲原は腕にぼろぼろの布を抱《かか》えていた。

「すいませんでした！」

夏木の掛け声で、全員が一斉に頭を下げた。

真っ赤に泣きはらした目が恥ずかしくて、一葉は歌風の背に隠れたままだった。

「おれたちあの木の下で、コイツの面倒見てて……」

そう言って夏木が差し出したのは、手のひらよりも小さな三匹の子猫だった。そして隣の仲原は、足に包帯を巻いた親猫を抱いている。

学生たちは、ためらいがちに事情を説明し始めた。

――それは四月の始めのことだった。

北庭の桜はそれは見事で、学生四人は酒を持って花見に興じた。授業の終わった歌風と、酒瓶を持参した森も合流して、ずいぶんと酒が進んだ頃だ。

一匹の猫が草むらにうずくまっているのを見つけた。足をけがしているようだった。

学生四人は慌《あわ》てて猫を拾い上げた。次の日、授業をサボって動物病院へ行き、親猫を治療してもらった。その後桜の下へ放そうとした時、猫が三匹の子を持つ親だったと知ったのだ。

「……子猫は自分じゃエサ取れないし、放っておけないしさ。最初森さんに頼んで北庭に入れてもらってたんですけど、退職しちゃったから」

「新しい監査が井口さんって聞いて、ちょっとの間でもいいからあの席を外してもらう時間が欲しかったんです」

「最初はおれたちで色々考えてたんだけど、そのうち歌風先生にバレて……」

学生たちが、互いに視線を交わしながらぽつぽつと話す。ため息交じりに歌風が後を続けた。

「彼らの悪戯《いたずら》があまりにも無粋《ぶすい》で見るに堪《た》えないものだから、途中から知恵を貸したんだよ」

それには今思えば心当たりがあった。カーテンやゴミ袋から、梅や亀のちょっと風流な悪戯に変わった時だ。あそこから歌風が入れ知恵していたのだ。

「どうしてひとこと言ってくれなかったんですか」

「だって……」

学生たちの声が重なった。誰が言う、と視線で会話をして、やはり夏木がおずおずと口を開いた。

「事務の人の間で噂になってたから……。井口さん真面目で厳しいし。『一人でいいです』ってバリア張ってるみたいだから、正直近づきにくい、って」

夏木は一度唇を結んで、すっと頭を下げた。

「投書箱に悪戯するみたいな形になったのは、すいませんでした」

それを合図に、歌風がひらりと片手を振った。

もういい、ということだろう。夏木たちは一人ずつドアの前でお辞儀《じぎ》をして出ていった。

一葉はその場にへたりと座り込んだ。

痛かった。

二十歳《はたち》そこそこの学生に指摘されることが、全部痛かった。

「……わたし、本当に馬鹿だったんだわ」

わたしが正しいのだと、学生たちの話を聞こうともせずに規則を押し付けた。話しやすい環境を作ってやることもできなかった。

どうせわかってもらえないから、もういいのだと。貼り付けられた『完璧主義の鋼鉄女史』のレッテルを、卑屈に背を丸めて受け流していたわたしの怠慢《たいまん》だ。

そのくせ、味方がいないなんて泣きじゃくって。


一人でいいんだって言いながら——結局誰かに認めてほしかったくせに。


一葉には、ぽろぽろとこぼれる涙をぬぐう力もなかった。

歌風はしばらく一葉を眺めていたが、やがて棚を開けて一升瓶を一本取り出した。

「——最初に投書の文字を見た時、すぐにぼくの生徒の仕業《しわざ》だとわかったよ。ぼくのゼミはレポートを手書きで提出させているから」

歌風に腕を引っ張られて、ソファに座らされる。

「確かに学生たちに知恵を貸してやった。猫が死ぬのもかわいそうだと思ったのもある。だけど本当は……君が森さんの言った通りの性格過ぎて、まあ、何だろうね……」

ごにょごにょと口ごもり、やがて盛大なため息とともに白状した。

「放っておくのは、どうにも忍びなかったんだよ」

ハンカチを握りしめている一葉の前に、小さなグラスが差し出された。歌風の抱える一升瓶から、白濁した酒がグラスに満たされる。

「……仕事中です」

ぐす、と鼻を鳴らしながら言った一葉に、歌風は時計を指した。

「君の就業時間は終わったよ」

グラスの酒を見て、一葉は少し驚いた。日本酒といえば透明なものだと思っていたからだ。

米麴《こめこうじ》のとろりとした甘い匂いがする。

「森さんとこの酒を飲む時に、いつも君の話をしていた。正確には君と——ぼくの話」

歌風は内ポケットから手帳を出して、無造作に一葉に放った。

泣きはらした目をこすって手帳を開いて、一葉は絶句した。

びっしりと書き込まれた予定やその日の出来事。気づいたこと、思いついた研究結果。米粒のような字が集まって紙面が黒く見える。角ばった字は一文字ずつ一定の隙間《すきま》を空けている。機械で打ち込んだかのような、ぞっとするほどの精確さだった。

一葉は亀の折り紙を思い出した。折り目正しくきっちりとした形。あれも歌風が折ったものだったはずだ。

言われてみればこの部屋もそうだ。物が多いだけで、本は四隅を合わせて積み上げられているし、本棚の本は出版社や作家ごとに収められている。

明らかに几帳面《きちょうめん》な人の部屋だった。

「ぼくはそういう人間だった。中途半端《はんぱ》なこと、綺麗でないもの、整っていないものが耐えきれない。そういう人間だったんだ」

※

「いやあ、見ていられないぐらい不器用な子がいてねぇ」

歌風《かふう》の前で、森《もり》はいつもそう言った。

そうして必ずあとに付け加えるのだ。

「——はは、まるでいつかの君のようだよ」


大学院生だった頃から、歌風の研究者としての実力は図抜けていて、講師として大学に残ることが決まっていた。

歌風の肩にかけられた期待は、並大抵のものではなかった。

几帳面《きちょうめん》で完璧主義な歌風は、今思えば、自分に課せられたものを勝手に増やしてしまっていたのだと思う。

整わない論文に苛立《いらだ》ち、伴わない結果に自己嫌悪した。

元々乏《とぼ》しい表情はますます能面のようになり、そのうち教授からも学生たちからも遠巻きに見られるようになった。

講師の仕事も歌風を苛立《いらだ》たせた。

守られない時間、途中入室に途中退室。適当なレポートや論文、試験。体裁《ていさい》が整っていない。字が汚い。文章に齟齬《そご》が生じている。

どれもこれも読むに値《あたい》しない。

完璧でなくてはいけない。ぼくも、みんなも。

「中居《なかい》先生って無表情で怖いよね……」

すれ違った学生たちが、そう噂《うわさ》しているのを知った。別にどう思われても構わない、と思った。

その頃森と出会った。ある春の日、桜がひらひらと舞う夕方だ。

柔らかで穏やかな森は「仕事が終わったから」と、桜の下で酒を飲んでいた。規律規則に厳しいはずの監査部なのにとその時は思った。

ぽつぽつと会うようになって何度目かの時。

森は歌風に酒を一本くれた。

「これはあんたの酒だなあ」

グラスに注がれた白い酒の、炭酸飲料のようにパチパチと弾《はじ》ける泡と甘い香りが、物珍しかったのをよく覚えている。

「それ」が歌風にとっての転換点だった。

歌風が准教授《じゅんきょうじゅ》になって研究室を持ってからは、さらに森と酒を飲む頻度《ひんど》は上がった。森は酒のことをたくさん知っていて、そのたびに歌風の部屋には一升瓶が増えていった。

しばらくして「その酒」を酌《く》み交わしている時。森はふいに呟《つぶや》いた。

「これを飲ませてあげたい子がいるんだよ」

それから森は、来るたびにその子の話をした。同じ大学で働く年若い事務員だ。

少しもかわいくない。年相応のおしゃれもしていない。几帳面で堅実。『鋼鉄女史』と呼ばれて、少しかたくなになっているだけの、でも普通の子。

「ただとても不器用で、『助けて』と言うのが下手くそなんだ」

「面倒な子ですね」

そう言ったら、森は悪戯《いたずら》っぽい光を目に宿してじっと歌風を見つめた。

「ああ、君のようにね」

※

歌風はその酒をテーブルに置いて、銘柄《めいがら》が見えるようにくるりと回した。

「——君とぼくはよく似ている。森さんはいつだってそう言った。森さんが退職する時に、ぼくは彼に頼まれたんだ」


「彼女をよろしく。——今度は君の番だね」

一葉《ひとは》は涙をぬぐうのも忘れてぽかんと口を開けた。

「京都《きょうと》、伏見《ふしみ》の酒で、銘柄は〝月《つき》の桂《かつら》にごり酒〟」

「にごり？」

「本当なら日本酒は、醗酵《はっこう》した後にもろみをろ過して透明にするんだ。だけどこれはわざと粗濾《あらご》しして、もろみが残った状態のまま瓶詰めしたものなんだよ」

飲んでごらんと言われ、促されるままに口に運んだ。

とろりとした甘味と舌に感じる炭酸の発泡感が特徴的だった。喉《のど》をアルコールが通る。かっと燃えるようだった。

「……おいしい」

「だろう。ぼくもこれが一番好きなんだ。綺麗に透明にしてしまわなくたって、こんなにうまい」

歌風は一葉の手から手帳を取って、最後のページを開いた。そこだけ真っ白のページに、たったひと言。大切そうに刻まれた覚え書きがある。

「森さんと初めてこの酒を飲んだ時、あの人がぼくにくれた言葉を書き留めたんだ」

何度も何度も開いて、指でなぞった跡があった。

〝完璧なものだけが美しいとは限らない〟

「その後、体裁が気に入らない、字が汚くて文章が整っていないと苛立っていた学生のレポートを、初めてきちんと読んだ。未熟で読みづらいけれど、ぼくはそれを許せるようになった。自分にはない発想、柔軟な論理、飛躍的な思考——完璧に整っていなくても、美しいものがあると知ったから」

歌風の優しさも笑顔も、その時から彼が意識して身につけたものだと一葉は知った。

あれは、この人なりの周囲への歩み寄り方で、努力の結果なのだ。

「君を見た時、本当に面倒だと思ったよ。融通《ゆうずう》が利《き》かないし、頑固だし、ユーモアもないし。一人で走り回って勝手に転んで」

「放っておいてください」

一葉はむっと唇を尖《とが》らせた。

「──それでもまだ『助けて』って言えない、面倒な子」

あたたかい手のひらが一葉の短い黒髪をそっと撫《な》でていく。

子どもみたいにあやされている。

また涙腺《るいせん》が決壊した。きっともう顔はぐちゃぐちゃで見るに堪《た》えないんだろう。どれだけぬぐっても駄目だった。

「別にいいんだよ、馬鹿でも面倒でも」

完璧なものだけが美しいとは限らないのだから。


ぐす、と鼻をすすりながら一葉が酒を味わっていると、歌風が卓上の内線でどこかへ連絡をした。

「監査部の井口《いぐち》さんですが、うちの研究室で預かってます。荷物は後で取りに行かせますので、そのままにしておいてください」

返事も聞かずに受話器を置く。

「な、何してるんですか！」

「君、荷物置きっぱなしだろう？　心配されても何だし」

一葉はわなわなと手を震わせた。

「しかも研究室から！　よりによって内線⁉　向こうに番号出るのに⁉　明日から、何言われるかわかったもんじゃないでしょう！」

「何で？」

ぺろりと自分のグラスの縁《ふち》を舐めて、歌風はにやりと笑った。

「心配しなくても手なんか出さないし、もし聞かれたら出してないと言う」

「あたり前です！」

一葉はぐったりとソファに身を預けた。ヒールつきのパンプスを脱ぎ捨てて、ジャケットを脱ぐ。とてつもない解放感だった。

ああ、もうしょうがないか。一葉はため息交じりにグラスの酒を舐めた。

……顔が熱いのはお酒のせいにしよう。

家に帰るのも遅くなるかな。でもいいか。

家事を頼まれたら、お母さんに「一緒にやってよ」と言えばいいんだ。わたしだって頑張ってるんだから。たまには手伝って、と言おう。

もうどうにでもなれ、なんとかなる。

――完璧主義の一葉は、今日限りでおしまいなのだ。

※

一葉は次の休みの日に森の自宅を訪ねた。持病の悪化で退職した森だが、今は治療も終わり、自宅で療養中だという。

手に持った〝月の桂〟の一升瓶を見せると、ただでさえ小さい目が見えなくなるほど、くしゃりと笑った。

「持病の悪化は酒の飲みすぎが原因でね、医者には控えろと言われているんだけども、まあちょっとならいいだろう」

「……一杯だけですよ。残りは持って帰って、歌風先生にあげることにします」

「えっ、わたしに持ってきてくれたんだろう？」

「そういうご病気とはちっとも知らず」

むっすりとグラスを口元に当てて、やがて森がにやりと笑った。

「いつのまに、歌風先生と呼ぶようになったのかな」

「何か大変な勘違いをされているようですが！　うちは『なかい先生』が二人いらっしゃいますので！　ややこしいですから！　それだけですから！」

「はいはい」

森が肩を震わせた。一葉はむすりと結んでいた唇を、ややあって解いた。

「歌風先生と森さんには、色々なことを教わりました。わたしもこのお酒を大事にしたいです」

「うん。それはよかった。ところで」

森が〝月の桂〟の一升瓶をこつりとつついた。

「なんて聞いたんだい？　これのこと」

一葉はきょとん、とした。

「え、〝にごり酒〟なので、ろ過が、ええと……」

「ああそっちか。いや、それもそうなんだけどね。わたしは、それだけであの子にこれを渡したんじゃないからねえ。文学者である彼が気づかないはずはないんだけれど」

一葉は首を傾《かし》げた。

「歌風君のゼミの学生に悪戯をされたんだろう？　どういう風なことを？」

一葉はかいつまんで森に伝えた。最初は学生だけだったこと。歌風が入れ知恵をしたこと。梅香《ばいこう》や亀や、金木犀《きんもくせい》のこと。

それを聞いて森は、ははあ、と笑った。目には悪戯っ子のような光が宿っている。それが歌風に対してなのか、一葉に対してなのか。

「この酒、〝月〟に〝桂〟の意味を知っているかい？」

「いえ……ただの銘柄かと」

「元は中国の昔話でね。中国では、月には桂の木が生えていると信じられていた。月の桂と言えば——月にあって手の届かないほどに、孤高で美しいものの意味だよ。歌風君はあの頃とても煮詰まっていて、自分の将来や、研究のことまで悲観していて。自分のことを嫌いだとずっと言っていた。だからこの酒を渡したんだ。彼ならきっと気づいてくれると思ってね」

そして歌風は変わることができた。不器用ながら前に進んでいるのは、皆同じなのだ。

「『にごり酒』の話だけでも先生は十分助けられたと言ってらっしゃったので。その話はわたしから伝えておきます」

「いやいや、絶対に気づいているよ」

金木犀、と森は言った。

「中国の〝桂〟の木は、日本で言うモクセイの木。例えば、金木犀や、銀木犀《ぎんもくせい》のことだからね」

森の言葉を理解した途端。

ぶわ、と止める間もなく涙があふれ出た。

あの日、あの二枝を見つけた日。結局一人なのだと絶望した日。

彼は一葉に伝えていてくれたのだ。

そうやって背筋を伸ばして前を向いているのは、不器用で時には痛々しいのだけれど。

それでも、君という存在はそう一生懸命だから美しいんだ。

月に在《あ》る桂のように。

※

「ちょっと手伝ってもらってもいいかな」

そう切り出すのは、一葉にとって一世一代ぐらいの勇気が必要だった。

ぽかん、と顔を上げた後輩たちが、パチパチと何度か瞬《まばた》きをする。

引かれるかな、今更ちょっと都合が良すぎる気もする。一葉はぐっと手のひらを握りしめた。だけど歌風が笑顔と優しい口調を覚えたように、一葉だって不器用であっても進まなくちゃいけない。

「……ええとあの、その……ミスっても怒ったりとかしないよ？」

ぶは、と誰が噴き出す音がした。

「なんでそんなに弱腰なんですか、『鋼鉄女史』ともあろう人が」

「そのあだ名は不本意なの！　別にわたし鋼鉄じゃないし！」

「いやほら、いつもガッチガチで――」

「おいっ、バカ！　言い過ぎだ」

「ああいいよ、うん。その……わたしも反省してるし」

肩をすくめて笑った一葉を、同僚も後輩もどこかほっとした面持《おもも》ちで見ていた。

「なんかあたしたちが手伝ったら、逆に邪魔しちゃいそうだから、声かけづらくて……」

「残業しまくってるのに手伝う余地もないし」

「事務長も、朝礼でガツンてやった後、ちょっとビビってたし」

「……重ね重ね、すみません」

畳みかけるようにあちこちから声が上がった。明るい歓迎の声だ。

一葉はとん、と背を叩かれたような気がした。森さんの手を思い出す。背筋を伸ばす。

こうすると事務室がよく見える。いろんな人がこちらを見て笑っていた。

こうしなさいと森さんは言っていたのだ。

今更、気が付いた。

ずいぶん遅かった。遅かったけれどできるようになった。亀のようなゆっくりな歩みでも構わないと、教えてくれた人がいたからだ。

一葉は定時で資料をまとめて立ち上がった。

タイムカードを押して、デスクの横に引っかけていた一升瓶を持った。森の見舞いの残りだ。

森が言っていた〝月の桂〟の話を、歌風にしたらどうするだろうか。きっと『知らなかった』ととぼけるに違いない。

そうしたら金木犀の話を出そう。

森にはお礼を言わなくてはいけない。

――やっと、あの先生を言い負かせそうだから。

櫻姫は清酒がお好き

前田珠子

プロローグ

キャンプ場の駐車場に車を止めて、わたしは助手席に置いておいた紙袋の中身を確認する。

地元の銘酒《めいしゅ》——純米大吟醸《じゅんまいだいぎんじょう》『ほろほろに』四合瓶（未開封）と、桜模様の盃《さかずき》が入っている。

大丈夫、とわたしは自分に言い聞かせる。

これならきっと大丈夫だ、と。

酒の味にはうるさい両親も親戚も、皆が口を揃《そろ》えて「美味《うま》い」と絶賛した銘柄だ。

これならきっと、『あの方』にも気に入っていただけるはずだ。

そう自《みずか》らを鼓舞して、わたしは紙袋を抱きかかえ、山中に足を踏み入れる。

季節は夏。

九州の夏は半端《はんぱ》ではなく暑い。

だが、標高が高いこのあたりは例外と言える。

わき水は、ひんやりどころか冷たすぎるほどだし、夏の風物詩であるアブラゼミの声すら聞こえない。

そんな山中に、わたしは迷いなく足を踏み入れる。

それは、獣道より細い、わたしだけが作り上げた道だ。

雑草を踏み分け、記憶だけを頼りに、わたしはそこを目指す。

そうして、目的地にたどり着いて。

わたしは声を上げるのだ。

「櫻姫《さくらひめ》さま！」

それは、大きな山桜の正面。

両手を広げてやっと、抱きつけるかどうかという桜の大木。

そこに小さな神棚が置いてある――置いたのはわたしだけど。

ただ、その神棚に入っているのは御札ではない。

ソレに向かって、わたしは声を上げた。

「櫻姫さま！　純米大吟醸『ほろほろに』を持参しました！　どうか、わたしの願いを叶《かな》えてくださいませ！」

次の瞬間、わたしの言葉に応《こた》える声が響き渡った。

「おう、加津子《かづこ》か」

喜びに満ちた、神々《こうごう》しい声が、わたしの名を呼ぶ。

その声は、けれど、わたしだけに聞こえるような特殊なものではない。

いや、確かに特殊と言えば特殊かもしれない。

そこにいるのはわたしだけなのだから……けれど、それはわたしにだけ聞こえる神様の声、というわけではないのだ。

なぜなら、その声は。

わたしが以前小川に落とし、壊してしまったスマホから、現実の声として放たれているのだから。

更に言えば、防水加工がされてなかったスマホは、水に濡れたせいで完全に壊れてしまったはずなのだが――その画面は今も生きている。

そこには、艶《つや》やかな黒髪の美しい女性が映っているのだから！

そのひとこそが、わたしが『櫻姫』と呼ぶ存在だ。

壊れたスマホを自在に操る櫻姫――彼女に会うために、わたしは清酒と盃を携《たずさ》え、道なき道を歩いてきたのだ。

わたしの願いを聞き届けてもらうために――。

1

「純米大吟醸《じゅんまいだいぎんじょう》とな？」

壊れたはずのスマホの画面に映るのは、二十代半ばと思《おぼ》しき若い美女だ。

年齢的にはわたしと同じぐらいのはずだが、はっきり言って造りが違いすぎる。

親から貰《もら》った容姿に不満を覚えたことはないわたしは、客観的に見て、平均値にあると思う。

目は一重《ひとえ》で、目幅も狭いが、鼻筋はそれなりに通っていて、口も大きすぎず小さすぎずのバランスを保っている。

肌つやもまあ、悪くない方だと思う。

要するに十人並みということだ。

で、なぜここでわざわざ自分の十人並みの容姿を取り上げたのかというと、スマホ画面の櫻姫《さくらひめ》の美貌が凄《すさ》まじいからである。

そう、とても人類とは思えぬほどに——実際、彼女は人類ではないのだけれど。

櫻姫は、とにかく美しい。

櫻姫は途轍《とてつ》もなく美しい。

櫻姫は――とにかく人外の美で埋め尽くされているのだ！

その黒髪は夜空そのもの――漆黒《しっこく》のはずなのに、そこに星々の輝きが宿っているとしか思えぬ輝きが鏤《ちりば》められているのだ。

さらに、その肌も凄まじい。白磁のようでもあり、象牙《ぞうげ》のようでもあり、更には桜の花びらのような薄紅色もたたえている。

どんな絵の具でも、再現不能な不可思議な色彩である。

その顔立ちに至っては、最早《もはや》奇跡としか言いようがない。

美しい。

他に言葉が見つからないほど、美しいのだ。

個人の嗜好《しこう》と言えばそれまでなのだろうけれど、わたしは生まれてこのかた、世界中が賛美する美貌の主《ぬし》と呼ばれる存在であっても、完全無欠に美しいと感じたことがない。

メイクで美しさを演出された存在は勿論《もちろん》、奇跡の造形と呼ばれる人物に対しても、だ。

『この方の美しさがわからないなんて、あんたの美意識は間違ってる！』

世界的美貌で知られた俳優のファンだった友人に、以前言われた言葉である。

別にその俳優のことを綺麗だと思わなかったわけではなかった。まあまあ綺麗だと思って、その感想を素直に口にした結果、その俳優の熱狂的ファンだった友人に絶縁宣言されたという、ほろ苦い記憶がある。

まあ、その友人が推《お》す俳優に限らず、わたしはこれまで、生身の人間に対して、完全無欠に美しいと感動したことがなかったわけだ。

好みの違いかなー、と思って、それ以降誰かの価値観に冷や水を浴びせる行為は控えたわけだけれど、『この人は神！　神だって！』とか『こんな奇跡見たことない！』とか言われて見せられた映像は、わたしにとっては『えー、こんなもんレベル？』に過ぎなかった。

だから一時期、わたしは真剣に悩んだのだ。

わたしの美意識は、通常からずれているのでは――？　と。

美の基準が、ずれているのなら、わたしの美意識そのものが、一般的でないことになる。

それはそれでイヤだというか、恐ろしいというか……。

嬉しくないな、と思ったものだけれど。

だが、しかし！

櫻姫の姿を目の当《ま》たりにし、その美しさに感動するわたしは、自分の美意識が間違っていなかったことを再認識するのだ。

櫻姫は美しい。

そう認識するわたしの感覚も正常なのだ。

そのことの意味することは——つまり。

わたしの美意識がとんでもなく高く、人間レベルでは満足できないというだけで——神様レベルの美貌なら、余裕でうっとりするというものだった。

まあ、初めて見た時は息が止まるかと思うぐらいに衝撃を受けたものだけれど。

耐性って、ありがたいよねえ。

スマホ画面に映る櫻姫の、神々《こうごう》しいお姿を、鑑賞する余裕が生じている事実に、正直感謝するしかない。

ああ、今日も櫻姫はお美しい……。

うっとりと見とれながら、わたしは櫻姫のお言葉を待つのだ——。

※

「それで、加津子《かづこ》よ。この酒の美点は何ぞ?」

山桜の化身《けしん》であられる櫻姫の問いかけに、わたしは用意したカンニングペーパー……をもとい、事前調査した内容を口にする。

「えー、とですね。この酒造会社さんは地元では有名な『虎の児《とらのこ》』という清酒を造られてまして……そもそも『虎の児』という名前は、『虎はわが児を思う情が非情に深い。虎のように愛情をかけて吟醸し、長く愛飲してもらいたい』という、創業者の願いが込められたものでして……」

スマホで調べた情報を、何とかすらすらと説明したあたしに、櫻姫は容赦《ようしゃ》のないだめ出しをした。

「なんだ、それは。そんな情報なんぞ、この『スマホ』とやらで、簡単に見つかる程度のモノでしかないぞ」

そう言われてわたしは仰天《ぎょうてん》した。

いや、だって、相手は山桜が神格化した姫神さまなのだ。そんな方が、どうしてスマホ検索を知っているというのか？

そう尋《たず》ねると、櫻姫は「何を今更」と鼻で笑った。

「電波とやらを利用すれば、簡単にできるだろうが」

いえいえ、普通壊れたら電波受信できません……。

だが、それに関してこそ今更なので、わたしは反論しなかった。

何しろ櫻姫は、壊れたスマホの画面に映っておられるのだ……機械の故障など、山神の神通力《じんずうりき》の前では障害とはならないのだろう。

「……スミマセン。いいこと書いてあったから、つい……」

しゅんとなってしまったわたしに、櫻姫が苦笑する。

「まあ、確かに。立派な心がけではあるな。それで、味はどうであった？」

「『虎の児』は割と甘口のお酒なんですけど、この『ほろほろに』は少し辛口《からくち》です。前回甘口のお酒でしたので、今回はすっきりしたものがいいかな、と思って用意させていただきました」

答えながら、わたしはバッグから盃《さかずき》と酒瓶を取り出す。

桜の花が描かれた盃に、『ほろほろに』を満たし、櫻姫の映るスマホの正面——神棚の手前にそっと置いた。

櫻姫が満足そうに微笑まれると同時に、盃の中身が一口分減った。何がどうなったのかなど、無粋《ぶすい》な疑問だ——山神の神通力の前に、不可能はないのだ。

「なるほど、美味《うま》い」

その呟《つぶや》きに、わたしはほっと胸を撫《な》で下ろした。

よかった、気に入っていただけたようだ。

「それで、今回は何を当てたいのだ？」

櫻姫の問いに、わたしは急いでスマホを操作し、目当ての画像を探し出す。

画面には、猫が描かれた絵本——そのタイトルは。

「これです！　猫の又三郎《またさぶろう》シリーズ初の絵本！　『又三郎が行く！』発刊記念、豪華化粧箱入り限定五十冊！　予約殺到につき抽選となってます！」

どうか、これを手に入れるためにお力をお貸しください！

両手を合わせてお願いするわたしに、櫻姫は呆《あき》れたように仰《おつしや》った。

「また又三郎か……加津子は本当にその猫が好きだなあ」

「はい、大好きです！」

大きく頷《うなず》くわたしに、櫻姫はふう、とひとつ息をつき。

「まあ、よかろうよ」

と請《う》け合ってくださった。

やった！　これでまた、又三郎シリーズが手に入る。

くじ運皆無なわたしにとって、櫻姫は正真正銘の救いの神様なのだ。

2

わたしが櫻姫《さくらひめ》と出会ったのは二年ほど前のことだ。

原因はSNSで広がった『猫の又三郎《またさぶろう》』シリーズだった。

灰色キジ猫の又三郎が、日本各地を旅するというもので、日本各地の観光名所で、つんと偉そうにポーズを取る又三郎の姿が、皆の歓迎とともに大ヒットしたのだ。

富士山を背後にくつろぐ又三郎、琵琶湖畔《びわこはん》で水面を見つめる又三郎、紅葉に染まった山中を走り回る又三郎——。

どの写真も可愛すぎるし、格好良すぎるし、魅力的だし、わたしはすぐに夢中になったのだ。

又三郎にはそれだけの魅力があったのだ。

その人気に目をつけた会社があった。

SSプロダクションが、又三郎を商品化することになった時、わたしは大喜びしたのだ。

又三郎グッズなら是非とも欲しいと思っていたからだ。

ああ、これで又三郎グッズが手に入る——と。

ところが、SSプロダクションは、その後、わたしにとって越えられない壁を設定してきたのだ。

早い話、抽選による限定販売システムだ。

限定百個の又三郎マグカップ——一所懸命《いっしょけんめい》ネットで応募したけれど、結果は惨敗。

限定三百個の又三郎未公開写真集——葉書とネットで一所懸命応募したけれど、やはり結果は惨敗。

限定グッズ発表の度《たび》に、わたしは常に敗北し続けた。

それもそのはず、わたしは生まれてこのかた、くじで当たったことがなかったからだ。

でも、だ。

それでも欲しいものは欲しい。

わたしにくじ運がないのなら、くじ運を持つ誰かの力を頼ればいいのではないのか——

そう思ったわたしは、一所懸命、くじ運で知られる神社詣《もう》でに明け暮れることとなったのだ。

宝くじが当たることで知られた神社にも詣でた。

誰それが人生を救われたという神社にも詣でた。

しかし、わたしのくじ運のなさは、そうした神社でも救えないぐらいに酷《ひど》いものだったらしい。

どこの神様にお願いしても、わたしが抽選に選ばれることはなく、又三郎限定グッズはわたしにとっては夢の象徴だったのだ。

そんなある日、わたしは『奇跡の桜』というタイトルの画像を見つけた。九州に旅行に来た女性の投稿で、何でもこの桜を見つけたら御利益《ごりやく》があるらしい。彼女自身、長年苦しめられた原因不明の頭痛から、解放されたと書いてあった。見たところ、山中に生えた山桜のようだ。うっそうとした木立に囲まれているせいで、開花した時しか見つけられないということだろうか。

それにしたって、『奇跡の桜』は言い過ぎだろう……と思いながら、ブログのコメント欄を読んだわたしは、そこに綴《つづ》られた内容に目を瞠《みは》った。

なんとこの『奇跡の桜』の恩恵に与《あずか》ったのは、そのブログ主《ぬし》だけではなかったのだ！

『わたしも見つけました！　おかげで片想いの彼と両想いになれました』

『すごい田舎《いなか》ですよねー。実物はもっと綺麗でした。友達にも教えたけど、彼女は見つけられなかったそうです。何が原因なんでしょうか』

『わたしは三度挑戦して連敗中です（泣）。誰か見つけるコツを教えて～』

等々《などなど》。

ちょっと胡散臭《うさんくさ》い気がしないでもなかったが、何となく気になったので、『奇跡の桜』で検索をかけてみたら、数件の記事や画像を見つけた。

いずれも同じ場所から撮影したと見られる写真とともに、家族の病気が治ったり、なくした物が見つかったり、こじれていた友人関係が良くなったといった内容が書かれていた。

これは、いわゆるパワースポットの類《たぐい》だろうか。それにしても、同じような時期に見つけられた人とそうでない人がいるというのが奇妙である。

桜がかくれんぼするはずもないし……と思いながら、記事を読み進めていったわたしは、ある一枚の写真に目を奪われた。

『廃校になった山の分校を改築したという田舎風カフェ発見。土日限定なのが惜しいぐらいにお茶もケーキも美味《おい》しいよ』

という言葉が添えられたその写真の建物を、わたしは知っていたからだ。

「うそ。これって椚《くぬぎ》分校じゃない！」

わたしが通っていた小学校の分校は、十年前に廃校になった。

その校舎を利用して、土日限定のカフェがオープンしたというニュースを、二年ほど前に見たような気がする。

灯台下《もと》暗しもいいところだ。地元にこんなパワースポットがあるだなんて、地元民ですら知らなかったのだから！

眉唾《まゆつば》もののような気もしたが、こんなご近所にあるのなら、騙《だま》されたと思って探してみるのもありかもしれない。折しも三月——花見がてらに行ってみようか。

そう思い、わたしは車の鍵に手を伸ばしたのだ。

※

椚分校を通り過ぎて五分ほどの場所に、林間学校にも利用される小さなキャンプ場がある。

『奇跡の桜』の写真は、恐らくその駐車場近くで撮られたものだろう――というわたしの読みはある意味正しく、ある意味間違っていた。

山のあちこちが桜色に染まっている光景は、まさに『奇跡の桜』の画像そのままだった。自生の山桜の薄紅色が、濃い緑に映《は》えて実に美しい。

だが、問題の『奇跡の桜』が見えない。画像と見比べてみるが、件《くだん》の桜の姿だけが見えないのだ。普通であれば、よく似た別の場所だと考えるところだが、そうではないことははっきりしていた。

なぜなら、山頂にある展望台までそっくり同じだからだ。確かその展望台は、地元出身の建築家がデザインしたもので、独特な形をしているのだ。

そっくりな山にそっくりな展望台――おまけに廃校カフェまで揃《そろ》っていて、場所が違うとは考えにくい。

うーん、とわたしは唸《うな》ってしまった。

「桜がかくれんぼなんかするはずないと思ったけど、あのコメントは本当だったのかな」

見つけられる人と見つけられない人がいるというのは、桜の持つ神秘性を際立《きわだ》たせるための誇張の類かと思っていたのだが、どうやらそうではないようだ。

となると、見つけられる人とそうでない人の差はなんだろう。まさか、これも運に左右される問題なのだろうか。運のいい人だけが桜を目にすることができて、運のない人間はできない、とか？

だとしたら、くじ運皆無のわたしには、到底見つけられそうもないではないか。

せっかくご近所にパワースポットがあると喜んだのに、ぬか喜びだったとは……。

わたしははあ、と息をついた。

「……わざわざ御神酒《おみき》も用意してきたのに、無駄になっちゃったなぁ」

思わずそう呟《つぶや》いた瞬間のことだ。

瞼《まぶた》を冷たい風が撫《な》でたかと思うと――視界が一変していた。

先ほどまで、どれほど目を凝《こ》らしても、桜らしき木など見当たらなかった場所に、大きな山桜が出現したのだ！

その姿はまさに『奇跡の桜』の画像そのもの！

「うそぉ……」

呆然《ぼうぜん》とするわたしに、どこからともなく女性の澄んだ声が語りかけてきた。

『道は開いた。来るがいい』

いったいどこから――？

周囲を見渡すも、人影らしきものは皆無――だというのに、その声ははっきりと聞こえてくる上に、金色の光の筋のようなものが、奇跡の桜に向かって延びているのが見える。

これは、あれだろうか？　この光を辿《たど》れと『奇跡の桜』が指示しているのだろうか？

これが漫画や小説なら、「おお、ファンタジーだなあ」と思うぐらいなのだが、現実に我が身に起きてみると、なかなか踏み出すのが難しい。

もし、これが幻覚だったりして、馬鹿正直に山に入ったあげく遭難でもしたら目も当てられない。警察に保護されて、「金色の光が見えたから山に入りました」なんて話したら、頭が残念な人か、ノイローゼかと思われるに違いない。

いや、それどころか足を滑らせて転落でもしたら、下手《へた》したら事故死なのに自殺と見なされかねない。

それはどうあっても遠慮したいところだ。

そんなことを思いながら悩んでいると、苛立《いらだ》ちを孕《はら》んだ声が再度聞こえた。

『何をしている？　早《はよ》う、神酒を持って参らぬか』

本当に、どこから聞こえてくるのだろう――周りを見渡したわたしは、ドライブモードにしてあるスマホの画面が光っているのに気がついた。

着信があったのかな？　でも誰からだろう――確認のためにスマホを取り出したわたしは、思わず息を呑んだ。

スマホの画面には、見たこともない美女が映し出されていたのだ！

何という神々《こうごう》しい美女！　だけど、誰？

困惑《こんわく》するわたしの目の前で、画面の美女が口を開いた。

『何を惚《ほう》けておる！　せっかくわたくしが道まで開いてやっておるというのに。それとも神酒を持っておるというのは空言《そらごと》か？　わたくしを謀《たばか》ったというのであれば、ただでは済ませぬぞ？』

迫力満点の美女の脅《おど》しに、しかしわたしは怯《おび》えるより先にパニックに陥《おちい》った。

「きゃあぁぁぁあっっ！　スマホが……スマホが勝手に喋《しゃべ》ったぁぁあっっ！」

そう叫ぶなり、わたしはスマホを放り投げてしまった！

しまった、と思った時にはすでに遅し――スマホは空中に弧を描きながら、駐車場の横を流れる小川に飛び込んだのだ。

防水加工なしのスマホは、当然のことながら昇天し――しかし、ずぶ濡れの画面には、怒った美女の顔が映し出されたままだった……。

これが、わたし――一村加津子《いちむらかづこ》と、櫻姫との出会いだった……。

3

純米吟醸《じゆんまいぎんじよう》『東長《あずまちょう》』を手に、わたしは櫻姫《さくらひめ》に訴える。

「櫻姫さまーー！　今日は『猫の又三郎《またさぶろう》』絵本第一弾限定化粧箱入りを、無事入手できたことのご報告とお礼に参上いたしましたーー！」

季節は初夏――櫻姫の山桜の緑は、周囲のそれと重なって、目印など皆無の状態だが、御神酒《おみき》の効果は抜群で、金色の筋が櫻姫への道標《みちしるべ》となる。

願い事をする時だけでなく、お礼の際にも御神酒を持ってくる殊勝《しゅしょう》さが、どうやら櫻姫のお気に召したらしく、『奇跡の桜』の山神さまは、わたしを特別扱いしてくださっているようだ。

ありがたいことだ。

何しろくじ運皆無のわたしは、櫻姫に出会うまでは、限定又三郎グッズを入手することなど夢のまた夢状態だったのだ。

櫻姫と出会い、櫻姫のお力によって、わたしは念願の又三郎限定グッズを手に入れることができるようになった。

お礼に、櫻姫が大好きな清酒ぐらい、いくらだって持ってくるというものだ。

「おお、加津子《かづこ》か」

神棚の中に鎮座ましましているスマホ画面に櫻姫が降臨される。

ああ、今日もお美しい……少々気だるげなご様子も、また麗《うるわ》しい。

美人はどんな表情でも美しいということだ。

ただ、ちょっと気にはなった。

櫻姫は出会って以来、常に気高《けだか》く美しいのが当たり前だったので、具合が悪そうな姿を目にしたことがなかったからだ。

「櫻姫さま、お元気がない様子ですけど、もしかして何か不都合を抱《かか》えてらっしゃるのですか？」

恐る恐るそう問いかけたわたしに、櫻姫は鬼神を思わせる迫力満点の笑顔で応じられた。

「……そんな風に見えるのか？」

と。

形式は問いかけだったが、スマホごしに伝わってくる感情は、それどころではない怒りに満ちた嵐の結晶そのものだった。

背筋が冷たくなるのを感じたわたしは、即座に質問を撤回した。

古文や漢文が苦手だったわたしでも、この場面における故事ならすらすら出せるぐらいの……まあ、凄《すさ》まじい迫力だったのだ。

逆鱗《げきりん》に触れる、とか、虎の尾を踏む——とか。

「い、いえ！　どうやらわたしの気のせいだったようです！」

そう叫んだのが、何とか正解だったらしい。

櫻姫の怒りを買わずに済んだことに、全身全霊で安堵《あんど》したわたしは、出会ったばかりの頃の自分の失敗を思い出し、ちょっと……穴があったら入りたい気分に陥《おちい》った。

そう、出会った早々、わたしは櫻姫に対して大失態を演じてしまったのだ。

櫻姫は清酒がお好きで、わざわざわたしの前に姿を現してくださったのも、わたしの御神酒発言が理由だったらしいのだ。

ところが、その時わたしが用意していたのは、コンビニで買ったカップ酒。

櫻姫はたいそう失望され、それはそれは冷ややかな目をわたしに向けられたものだ。

『なんだ、その、とりあえずこれでよかろうと言わんばかりの代物《しろもの》は』

蓋《ふた》を開けたカップ酒を前に、櫻姫はそう仰《おっしゃ》った。

『酒なら何でも良いと、お前は思っておらぬか？　この酒を飲んだことがあるのか？　この酒が美味《うま》いから、神酒として用意したのか？』

立て続けに問われ、わたしは答えに窮《きゅう》してしまった。

指摘された通り、わたしは何も考えず『御神酒にするなら清酒だろう』くらいの考えで用意したからだ。

『良いか。酒の善《よ》し悪《あ》しを言っておるわけではないぞ。お前がこの酒を美味いと思い、だからこそ持参したのなら、わたくしは何も言わぬ。お前の誠意がそこに感じられるからな。だが、この酒にはそれが感じられん』

そのお言葉に、わたしは恥じ入るしかなかった。

物を贈るなら、相手が喜ぶ物を選ぶべきなのだ。

そうして、わたしはこれまでの自分の行いを反省した。パワースポット巡りをしていた時も、わたしは『とりあえず御神酒』『とりあえずお賽銭《さいせん》』の認識しか持っていなかったからだ。

これまで訪ねた神社の神様たちも、わたしに誠意が欠けていたから、願いに耳を傾ける気になられなかったのかもしれない、と思った。

恥ずかしくなって、わたしは櫻姫に謝った。そうしてその日は願い事を口にすることなく帰途についたのだ。

それから数日、わたしは色々な種類の清酒を試してみた。甘口だったり辛口《からくち》だったり、好みだったり苦手に感じたり——知ってみれば、清酒の味は本当にさまざまで、わたしは酒の世界の奥深さを垣間《かいま》見た気がした。

そうして五日後、わたしは美味《おい》しいと思った清酒を手に、再び櫻姫を訪ねたのだ……盃《さかずき》がないと、そこでまた怒られたのだけれど。

清酒と盃持参で櫻姫を訪ねた三度目で、初めて願いは何かと訊《き》かれた。その時欲しかった『猫の又三郎ペーパーウェイト（限定五百個）』を伝えると、櫻姫は上機嫌に頷《うなず》かれ……後日わたしは初めて抽選に当たったのだ。

あまりに嬉しかったので、わたしは届いた品とお礼の清酒を持って、四度《よたび》櫻姫を訪ねた。櫻姫は、『それが猫又の文鎮《ぶんちん》か』と呆《あき》れた顔で仰ったが（猫又じゃありません、とわたしは抗議したが、櫻姫は以来猫又としか呼んでくださらない）、わたしが本当に喜んでいるのを見て、それ以上何も仰らなかった。

こうして、わたしと櫻姫のつきあいが始まり、今に至る。

……まあ、先ほどのように不用意なことを口走っては、ご機嫌を損《そこ》ねそうになることはあるけれど、それでも道が閉ざされることがないぐらいには、好意を持っていただいているのだと思っている。

もしかしたら、気に入っているのはわたしが持参する清酒の方かもしれないけれど。

※

『ほほう、東長か……以前、一度持ってきた酒だな』

ひとまずご機嫌を取り戻された櫻姫は、わたしが用意した純米吟醸『東長』を見て、心なし目をきらきら輝かせられた。

『東長』は、地元にある酒造会社の中では古参にあたるところが造っている清酒で、やや甘口のものである。

「はい。以前一合瓶を持ってきた時、何だか飲み足りなさそうな……いえ、もう少し堪能《たんのう》なさりたいご様子でしたので、今回は四合瓶をご用意してみました」

わたしの返しに、櫻姫は満更《まんざら》でもないと言いたげな顔で頷かれる。

『殊勝な心がけであるな。うむ、確かにこの酒はわたくしも気に入っている。そのことに気づいたあたり、加津子も成長したということかな』

そう仰ると同時に、盃に満たした清酒が一気になくなる……余程《よほど》お気に召したらしい。

二年余り、櫻姫とおつきあいして学んだことのひとつに、櫻姫は清酒がお好きだということがある。

それは、質量ともに、という意味でだ。

櫻姫は清酒がお好きだ。わたしが美味しいと思った清酒を、櫻姫は受け入れられるが……櫻姫自身、美味しいと思われた清酒に関しては、量もまた望まれるということだ。

二年前、「わたしは好きだけど、櫻姫がどう思われるかわからない」という懸念《けねん》から、お試し用の一合瓶の清酒ばかり持参したことがあった。

櫻姫は鷹揚《おうよう》に受け入れてくださったけれど、いつも何か言いたげな目をしていらっしゃった……ような気がした。

けれど、一度、どうしても一合瓶の清酒が見つからなくて、四合瓶の清酒を持参した時、櫻姫は滅茶苦茶嬉しそうな顔で仰ったのである。

『加津子はよくわかっておるな』

それこそ、語尾に♡マークがついているとしか思えない語調で。

うわあ、と思った。

櫻姫は、実はもっと多くの清酒を望んでらっしゃったのだ！

以降、わたしは櫻姫には四合瓶以上の御神酒を用意することにした。

一度一升瓶を持参したところ、『わたくしを呑兵衛《のんべえ》と思っているのか』と逆ギレされたことで、中庸《ちゅうよう》という言葉と認識を、わたしは学んだ――と思う。

何事も適度にという学習を経《へ》て、わたしは櫻姫とのつきあい方を学びつつあるのだろう……そう信じたい。

今回お礼に持参した『東長』は、櫻姫にとって喜ばしい御神酒であったらしい。

盃に注ぐそばから、くい、くいっと中身が消えていく。

あっという間に半分が消え、そのあたりから、櫻姫の様子が少し変わっていった。

『のう、加津子』

櫻姫に声をかけられ、わたしは「はい」と頷いた。

『わたくしはこの山の霊気を帯びてわたくしとなり、心底からの願いだけはこの心に届くようになったわけだが、加津子の願いだけはよくわからぬのだ』

櫻姫は、そう仰った。

唐突なこの言葉に、わたしは首を傾《かし》げるしかなかった。

「……はい？」

『人間の身では叶《かな》わぬ願いを抱いて、皆がわたくしを求めてくる。家族や大切な者を大病から救いたかったり、自《みずか》らのどうしようもない状況を変えてほしいと願ったり……そうでなければ、わたくしの心は動かない。だが、加津子は違う……加津子はいつも、猫又グッズとやらを欲しがる……それも、他の皆に劣らぬ真剣さでだ』

ほんのりと、頰を紅色に染められた櫻姫が、真剣な眼差《まなざ》しでわたしの目を覗《のぞ》き込んでくる。

『……どうしてだ？』

真剣に問いかけられて、わたしは困ってしまった。

単純な答えとしては『それは、わたしがそれだけ猫の又三郎を愛しているからです』で済みそうだが、櫻姫が訊いてらっしゃるのは、そんな表面的なものではなく、もっと根本的なものに思えたからだ。

そうしてわたしは、どうしてここまで『猫の又三郎』が好きなのかを思い出す。

苦しい挫折《ざせつ》の記憶とともに――。

4

「わたし、今は書店に勤めてるんですけど、数年前までは漫画家を目指してたんです」

『漫画家？』

櫻姫《さくらひめ》には聞き覚えのない言葉だったらしい――首を傾《かし》げて問いかけてらっしゃる。

漫画とはなんぞや――などと適切に説明する語彙《ごい》も知識もないわたしは、ちょうどバッグに入れていた漫画の単行本を取り出した。

『海賊王におれはなる！』は、この数十年誰もが共感する名作だ。

表紙の画像から検索作業に移った櫻姫は、あっという間にその内容を把握されたご様子。

『ふむ、ふむ。なんとも心躍《おど》る内容だな。加津子は、この情熱溢《あふ》れる世界に身を投じようとしたのだな』

櫻姫の言葉が、嬉しくて――同時に痛い。

わたしは小学生の頃に『海賊王におれはなる！』を読んで、漫画家になりたいと思ったのだ。

こんな風に自由でみんなが希望を持って、そうして頑張って協力し合えば、叶《かな》わない夢なんてない。

『海賊王におれはなる！』が大人気になったのは、そこに読者の共感や認識があったからだ。

信じて信じて——けれど、その先にある現実の壁を想像できないのだ。

子供は純粋で、願いは必ず叶うものだと信じ込む。

そんな世界を描くことができたら——。

でも、わたしの描いた作品には、それがなかった。

現実を知らずに夢だけを綴《つづ》ったわたしの投稿作は、何年も何年も、賞に選ばれることがなかった。

そこまでされたら、もう、自覚するしかないではないか。

わたしには、漫画の才能がないのだ、と——。

両親からも「霞《かすみ》を食べて生きていくつもりか」なんて言われたこともあり、わたしは漫画家になる夢を諦《あきら》めた。

地元の書店に就職が決まり、両親は安堵《あんど》したし、わたしも安定した収入を約束されて、めでたしめでたしの状況になった。

だけど、それは表面上のもので、わたしの心は深い挫折《ざせつ》感で傷ついていたし、書店で数多くの本に接する度《たび》に、どうして自分はこの棚に並べられるような作品を描けなかったのかと情けなくなった。

漫画家志望だったことは内緒にしていたけれど、思わず落書きした絵を先輩に知られて、お勧《すす》め漫画のポップを任されたりもした。

その度に、わたしの心はどんどん落ち込んでいった。

人気漫画の絵柄を真似て、『この漫画のココが面白い！』という説明を書く度に、だからわたしの漫画は駄目だったのだと思い知らされる。

漫画家にはなれなかったけれど、少しでも本に係わった仕事をしたい――そう思って書店に勤め始めたはずなのに、その仕事がどんどん辛《つら》くなる。

こんなことなら、本とは一切関係のない職場を選んだ方が楽だった、とさえ思った。

勤め始めた最初の冬――インフルエンザに感染して、一週間仕事を休んだ。

高熱で苦しかったのは最初の三日ぐらいのことで、その後は感染拡大を防ぐ意味での自宅待機だったのだが、わたしは職場に行かずに済むことが嬉しくてならなかった。

ああ、もう行きたくない。

このままずっと休んでいたい。そう思った。

勿論《もちろん》、そんなことは許されないとわかってはいたけれど、もう一歩も外に向かって動けない――そんな気持ちになっていたのだ。

そんなときに、猫の又三郎《またさぶろう》の動画に出会ったのだ。

又三郎は腹部にしこりが見つかり、動物病院に連れていったところ、癌《がん》で余命半年だと告知されたのだという。

猫の癌は、五ミリ以下なら手術による摘出で完治も可能だが、それ以上だと転移している可能性が高く、助かる見込みは少ない——又三郎の飼い主さんは、そう説明を受けたのだという。

又三郎の腹部に見つかった腫瘍《しゆよう》の大きさは一センチ。

安楽死を選ぶか、最後まで看取《みと》るか——二択だったという。

又三郎の飼い主さんは、後者を選んだ。そして、これまで又三郎が見せた不思議な反応について真剣に考えたのだという。

又三郎は、なぜか日本国内の風景を集めた写真集を広げると、気に入った写真の上にてん、と乗るくせがあったという。

じゃあ、これらに又三郎を連れていってあげよう。

又三郎が気に入った場所に、ひとつでも多く又三郎を連れていってあげよう。

そうして、『猫の又三郎が行く』シリーズは始まったのだ。

その動画を見て、わたしは涙とインフルエンザの置き土産《みやげ》である鼻水の大洪水状態になった。

わたしの挫折なんて、又三郎の絶望的状況に比べれば、なんとささやかなものであることか。

わたしの引きこもり願望なんて、又三郎の飼い主さんの決意に比べれば、なんと矮小《わいしょう》な我《わ》が儘《まま》にすぎないことか！

「そういうわけで、わたしは又三郎の大大大ファンになったんです！」

わたしの話に、櫻姫は『ふむ』と頷《うなず》かれた。

『それで、その猫又はどうなったのだ？　余命半年というなら、とっくに寿命は尽きているはずだが……』

「だから、猫又じゃありませんってば！　それじゃあ又三郎が妖怪みたいじゃないですか！　ああ、そうだ、そうじゃなくて……不思議な話なんですけど、余命宣告がされてそろそろ三年になるんですけど、又三郎は元気に日本中を旅行してるんです。飼い主さんの話だと、動画を上げてから、いっぱい励ましの言葉が寄せられたそうです。そうしたら、なぜか腫瘍が少しずつ小さくなっていったんですって」

皆さんの応援のおかげだと思ってます――飼い主さんはそう書いていた。

そのことを話すと、櫻姫は『なるほど……』と呟《つぶや》かれた。

『それはあながち間違いではないだろうな。人間の想いというものは、なかなか侮《あなど》れぬ力を宿しておるからな』

意外な言葉に、わたしは驚いた――山神である櫻姫が、人間のことをそんな風に評価していらっしゃるとは思わなかったからだ。

「そんなことがあるんでしょうか?」

半信半疑で尋《たず》ねたわたしに、櫻姫は頷かれる。

『確かに個々の想いなどは小さきものだがな、それが集まれば力を持つものよ』

塵《ちり》も積もれば……というやつだろうか。

いや、この譬《たと》えはちょっと違うか……ひとり一円の募金でも、千人分集めたら千円に、一万人集めたら一万円になる、とか……?

いやいや、山神を目の前にしておきながら、俗な譬えしか思いつかない自分が情けない。

「……それって、わたしの想いも入ってるってことですよね?」

又三郎と飼い主さんの健気《けなげ》な姿に感動して、わたしはずっと「死なないで、元気になって」と祈り続けてきた。

その想いが、ほんの欠片《かけら》でも力の一部になっていて、それが又三郎を支えているのなら……こんなに嬉しいことはない。

「……うーん、何だか嬉しいな」

思わず口元が緩《ゆる》んでしまう。

そんなわたしに、けれど櫻姫は思いがけない言葉を口になさった。

『喜ぶのはいいが、加津子《かづこ》は少し考えた方がいいぞ』

何を考えろと?

意味がわからず、首を傾げたわたしに、櫻姫は厳しい眼差《まなざ》しを向け、こう仰《おつしや》ったのだ。

『猫又に救われたという気持ちはわかるが、加津子は猫又に執着しすぎておるのではないか？　猫又のことを考えるばかりで、自分のことを放り投げておるように、わたくしには見えるぞ？』

思いがけない指摘に、わたしは一瞬言葉に詰まった……。

※

『加津子が鬱屈《うつくつ》した想いを抱えておるのは、最初から気づいておったよ』

櫻姫はそう仰った。

『その鬱屈を晴らすために、猫又の限定グッズとやらを求めておったこともな』

櫻姫の淡々とした口調が、なぜか逆にわたしの心に突き刺さる。

『どういうことなのか、ずっと不思議に思っていた。今日、加津子の話を聞いて、わかったように思う』

そう仰った櫻姫は、じっとわたしの目を見つめられた。

『加津子よ。それではいかぬ。お前は自《みずか》らの挫折から、目を背《そむ》けたまま、猫又の奇跡に依《い》存《ぞん》しておる。猫又を愛《いと》しく思う一方で、それを理由にして、お前は自分の問題から目を背けたままである。真実猫又を愛するのなら、そうした欺瞞《ぎまん》に陥《おちい》るべきではない』

とても、とても厳しい言葉だった。

それは、わたしがずっと見ぬ振りを通してきた心の傷のかさぶたを、乱暴に引きはがすような……そんな、残酷なまでの痛みをもたらす言葉で。

わたしは。

突然厳しいことを口になさった櫻姫の真意がどこにあるのかを考えるより先に、反発してしまったのだ。

「……なんで、そんなこと仰るんですか。そりゃあ、櫻姫にとってはちっぽけな人間の心の傷なんでしょうけど、話せるようになるまで、そりゃあ、わたしは悩んだし苦しかったんです。今だって、口にするのは辛いです。でも、櫻姫だから……打ち明ける相手が櫻姫だから！　ようやく言葉にできたのに……なんで、なんで、そんなことを仰るんですか！」

『加津子……そうではない』

焦った様子で、櫻姫が言葉を重ねようとなさる。

けれど、夢に破れた痛みから、ようやく解放されたきっかけを全否定されたと感じたわたしには、彼女の言葉を最後まで聞く余裕がなかったのだ。

「酷《ひど》いです、酷い！　結局、神様の力を持つ櫻姫には、わたしみたいなちっぽけな存在なんかの想いなんてわからないんです！」

感情的にそう叫んで――。

わたしは櫻姫のもとから駆け去った。

何故《なぜ》あの時、もっとよく櫻姫の言葉に耳を傾けなかったのか――なぜ、櫻姫があんなことを仰ったのか、深く考えなかったのか。

のちのち後悔することになったのだけれど。

その時は、怒り心頭で。

何も考えられなかったのだ。

櫻姫と出会って三年目の夏――こうしてわたしたちは決別したのだ。

5

櫻姫《さくらひめ》と喧嘩別れした後、わたしは結構長いこと怒っていた。

櫻姫に対してだ。

「なんで、わたしがあそこまで言われなければならないのよ！　いくら神様だって、言っていいことと悪いことがあるわ」

ずかずかと心の敏感な部分に立ち入られた怒りは、早々には治まらなかった。

それは同時に、立ち入られた場所――指摘されたことが、実に的確《まさ》だったという証明でもあった。人は図星を突かれると怒ると言われるが、それは正しく真理なのだ。

けれど、わたしはその事実を認めなかった。

認めてしまったら……櫻姫の言葉が正しいのだと認めてしまったら、わたしはまだ癒《い》えていない心の傷と向き合わなくてはならなくなる。

無意識に、それを避けたくて、わたしは目を逸《そ》らし続けたのだ。

もう、櫻姫なんて知らない！

何度も何度も繰り返し、自分自身にそう言い聞かせながら、わたしは日々を送り続けた。

なのに――なんてことだろう。

ドライブの途中で酒屋の看板を見つけると、ついその店で評判のいい清酒はないかと探してしまう。

季節限定の清酒が出れば、自分が楽しむ分とは別に一本多く買ってしまう。

桜をモチーフにした酒器を見つけると、財布と相談しつつだが、結局のところ揃《そろ》えてしまう。

櫻姫なんて、櫻姫なんて――そう自分に言い聞かせているというのに、いつの間にかわたしは櫻姫に喜んでもらえるものを、無意識に用意してしまうのだ。

だって、それは仕方ないと思う。

美味しい清酒を用意できたとき、櫻姫は本当に嬉しそうな顔をなさったし、桜をモチーフにした繊細な造りの盃《さかずき》を用意したときは、『加津子《かづこ》は趣味がよい』と褒《ほ》めてくださった。

櫻姫の神通力《じんずうりき》のおかげで、『猫の又三郎《またさぶろう》』シリーズの限定グッズが手に入るようになった喜びとは別に、櫻姫とのやりとりが楽しくて、楽しくて。

楽しくて仕方なかったのだ。

相手の身になって考えることとか、相手の喜ぶ顔を想像して行動するとか、漫画家になることしか考えていなかった過去のわたしが学び忘れていたことを、いちいち教えてくださる櫻姫のお言葉に、随分《ずいぶん》助けられたことも多い。

人間同士のつきあいも、互いへの思いやりがあるかないかで全然違うことを教えられた。

劣等感に固まって、書店の同僚に『絵が上手ね』と言われる度《たび》に内心覚えていた反発も少なくなった。

まだ素直に受け止めることはできないけど、以前のようにネガティブに感じることはなくなった。

櫻姫と出会ったおかげで、わたしは確実に、以前のマイナス思考から解放されつつあったのだ。

そうして、冷静になって、あの日のやりとりを振り返ってみると。

「……どう考えても、わたしが一方的に感情に走っていたよねえ」

その程度には認識できるようになって。

「平謝りに謝ったら、許してくださるかなあ」

そうだといいな――わたしはそう思い、せっせと鞄《かばん》に買い込んだ清酒を詰め込んだ。

これを持って、明日櫻姫に謝りに行こう――。

わたしはそう決意した。

けれど――。

その『明日』は来なかった。

猛烈に強い台風18号が、わたしの住む地域を直撃したのだ。

そうして、台風がもたらした大量の水は大規模な土砂崩れを引き起こし……その被害が櫻姫にまで及んだのだ。

土砂崩れに巻き込まれた木々によって、櫻姫の本体である山桜がへし折られたことを知ったのは、台風一過《いっか》の翌日のことだった。

ローカルテレビ局の放送を見るまで、わたしは考えてもいなかった。

自然災害程度で、山神たる櫻姫がどうにかなる、だなんて。

一般人の立ち入りが禁止された場所で撮影された映像で、櫻姫の山桜は、ばっきりと二つに折れていた。

むき出しになった芯《しん》は虫か病《やまい》に冒《おか》されて空洞化していた。

櫻姫は……わたしと出会うずっと前から、病に冒された状態にあられたのだ。

わたしは泣いた。

泣きながら、何故《なぜ》気づけなかったのかと自分を悔いた。

櫻姫が具合が悪そうになさっていたことに、一度は気づいたのに、不機嫌な様子になられたことにびびって気のせいだと思い込んだ。

あの時、もう一歩踏み込んでいれば、もしかしたら櫻姫はご自分の状態を打ち明けてくださったかもしれないのに。

勿論《もちろん》、山神の誇りにかけて、打ち明けてくださらなかった可能性も低くはないが、それでもわたし自身が何か気づけていれば、櫻姫の誇りを傷つけない形で、何かができていたかもしれないのだ。

けれど、わたしは気づけなかった。

そうして、わたしは櫻姫の、わたしを思っての苦言を思い切り拒否してしまった。

……なんて、わたしは愚かだったんだろう。

胸が軋《きし》むような後悔が、わたしを苛《さいな》んだ。

このままでは、わたしは過去の自分に打ち勝つこともできぬまま、櫻姫まで失ってしまう！

そう思った時、わたしは反射的にイヤだ、と感じた。

それだけは、絶対に嫌だ、と。

「駄目、駄目、駄目、駄目！」

それだけは、絶対に認められない！

気合いを入れて、自らの頰を両手で打ちながら、わたしは心を決めた。

「絶対に、櫻姫には復活してもらわなくちゃ！」

そうしてわたしは、櫻姫をこのまま失いたくない——否《いな》、失わないために何ができるのかを考え始めたのだ。

※

土砂災害のせいで、わたしはすぐには櫻姫のもとに駆けつけることはできなかった。櫻姫の山桜があったあたりは、立ち入り禁止区域に指定されていたからだ。

何ができるだろう？　何かできることがあるだろうか？

駆けつけることも禁じられている以上、わたしにできることなどない――そんな諦《あきら》めようとする心を必死に叱《しか》りつけて、わたしは今の自分にできることは何かを考えた。

そうして、思いついたのは山桜についての知識を得ること、だった。

園芸品種であるソメイヨシノは、病気に弱く、切り口から雑菌が入り込むことで簡単に枯れることもあるらしいが、原種に近い山桜は、そこまで脆弱《ぜいじゃく》ではないらしいことを、ネットで調べて知った。

また、弱った樹木に有効な活力剤も発売されていることも知った。

わたしは早速その活力剤を購入した。

だが、その活力剤をいつ、櫻姫の山桜に届けられるかもわからない。

どうか、その時まで、頑張ってください――そう祈るしかない日々を送る中、わたしは不意に思い出したのだ……櫻姫と最後にお会いした時、彼女が仰《おっしゃ》っていたことを。

『人間の想いというものは、なかなか侮《あなど》れぬ力を宿しておる』

猫の又三郎が癌《がん》に冒されながら、応援する声のおかげか、余命宣告を大きく超える期間元気に生きているという話をした時のことだ。

健気《けなげ》で懸命な又三郎と飼い主さんの姿に、日本中から応援する声と想いが集まった。

それが、又三郎の寿命を延ばしたのだと、人間の想いにはそれだけ力が宿っているのだと、櫻姫は仰っていた。

ならば、又三郎に寄せられた想いと同じように、人々の想いを集めたら……それは、櫻姫のための力になるのではないか？

そう思いついたわたしは、『奇跡の桜』を取り上げていたブログ主《ぬし》にメールを送った。

奇跡の桜が、台風18号によって甚大《じんだい》な被害を受けたこと。

どうしても復活してもらいたいこと。

そのために、協力してほしいこと。

切々と、櫻姫復活のための協力を訴えたメールを送った数日後。

わたしは、ある一つの提案をされた。

『櫻姫を、萌《も》えキャラ化できませんか？』

頭が真っ白になった。

「はああ？」

パソコン画面を前に、何を言うんだ、この人は——と、愕然《がくぜん》としたわたしだったが、その後に続けられた内容を目にして考えを改めた。

ブログ主である桜子《さくらこ》さんの言い分はこうだった。

「ダイレクトに神様扱いしても、今の日本人は似非《えせ》宗教警戒心で忌避《きひ》する可能性大です。それぐらいなら、ゆるキャラよろしく萌えキャラとして紹介した新神扱いの方が支持は集めやすいと思いますよ」

なんだろう、このプロジェクト感。

「いや、でも……」

必死に抵抗したわたしだったけれど、結局は押し切られた。

あとはひたすら考えまくる日々だ。

「あの神々《こうごう》しい櫻姫を萌えキャラ化？　萌えキャラ化？」

絵にも描けないお美しい櫻姫を、どう描いたら萌えキャラにできるのか。

考えて、考えて、考えて――。

わたしは、いくつかの案を用意してみた。

リアル櫻姫バージョンは……自分でも駄目だと思った。あの神々しいお姿を、リアルに再現するにはわたしの画力では無理がありすぎる。

簡素化しすぎるのも駄目だ。櫻姫はあくまで神様なのだから、それらしさはやはり描きたい。

悩みながら思いついたのは、山桜を擬人化するという案だった。

黒髪は譲れないから、桜色の瞳にして、山桜は若葉とともに花が咲くから、耳の後ろに若葉をつける。うん、これは愛らしい。

この愛らしさを生かすために、十代半ばぐらいの少女にしてみる。

なかなかよさげに仕上がったが、問題はこのキャラ化した櫻姫を、どう広めていくか——

桜子さんに相談したら、「清酒の紹介と抱き合わせてみては？」との提案を受けた。

しかし、明らかな未成年と清酒を組み合わせるのは、倫理上問題がある。どうしたものかと思ったわたしは、不意に閃《ひらめ》いた。

そうだ、櫻姫はすでに齢《よわい》百を超えてらっしゃるのだから、未成年には当たらない……本来の姿に戻られるために、美味《おい》しい御神酒《おみき》が必要だとすれば、問題ないのではなかろうか。育成ゲームよろしく、御神酒に満足される度に、少しずつ育っていくという展開はどうだろう。

考えているうちに楽しくなって、わたしは数年ぶりに画材に手を伸ばしていた。

描いてみると、もっと小さなキャラでも可愛いと思い始めた。十二歳設定……可愛いではないか。調子に乗って十歳設定も描いてみると……これも可愛い。

結局没にするのが忍びなくて、櫻姫の初期設定は十歳から始めることに。

奇跡の桜復活プロジェクト『櫻姫は清酒がお好き』は、こうしてひっそりと幕を開けたのである……。

エピローグ

台風の季節が終わろうとする頃、ようやくわたしは櫻姫《さくらひめ》のもとを訪れることができた。

無残に折れていた山桜は、切り株だけの姿になっていた。わたしが置いておいた神棚も撤去されていたけれど、なぜか壊れたスマホだけは、根元にちょこんと置かれていた。

信じられない思いで、わたしはスマホを手に取ると、真っ黒な画面に語りかけた。

「櫻姫さま。櫻姫さま、聞こえますか？　加津子《かづこ》ですよ。加津子が櫻姫に会いに参りましたよ」

返事はなく、画面も真っ暗なままなことに落胆しつつも、わたしは用意してきた清酒と活力剤を取り出した。

規定の量に希釈《きしやく》した活力剤を根元にかけて、どうか少しでも力になりますようにと祈る。

それから盃《さかずき》に、持参した清酒を満たした。

「今日は『鍋島《なべしま》』をご用意しましたよ。数年前、欧州の品評会で賞を受賞して話題になったお酒です。わたしも飲んでみましたけど、フルーティな味わいが上品で美味《おい》しかったです。櫻姫もお気に召すと思いますよ」

やはり返事はなく、盃の中身も全く減らない。

泣きそうになるのを必死に我慢して、わたしはひとつ息をついた。

「また、来ますね」

早く復活してくださいね——胸中で呟《つぶや》いて、わたしは帰途についた。

※

月に二度の櫻姫参りも半年が過ぎたある日、わたしは嬉しい発見をした。

櫻姫の山桜の根元から、小さな新芽が出ていたのだ！

切り株だけになっても、根は無事だったということだろう。相変わらずスマホの画面は真っ黒だったけれど、櫻姫は生きてらっしゃるのだと実感できて、思わず涙が零《こぼ》れてしまった。

今日も持参した清酒を盃に注ぎながら、わたしは新芽に向かって話しかける。

「今回は『東一《あずまいち》』を持って参りましたよ。以前お持ちした『東長《あずまちょう》』と親類の酒蔵で、こちらも美味しいので是非味わっていただきたいと思いまして……」

盃の中身は今日も減らない。

けれどわたしはもうがっかりしない——櫻姫は生きてらっしゃるのだから！

そうだ、と思い出し、わたしは自分のスマホを操作し、その画面を新芽に向けた。

「櫻姫さまをモデルにしたホームページを作ったことは以前報告しましたよね。最近では少しずつですが、読者さんも増えて、色々な声を寄せてもらえるようになったんですよ。読者さんからお勧《すす》めの清酒なんかも教えてもらってますから、今度持ってきますね」

　画面のなかの櫻姫は、更新する度《たび》に少しずつ成長していて、今は高校生ぐらいの姿になっている。

　意外なことに、この成長過程が読者さんに人気なのだ。

『最初の十歳ぐらいの姿が愛らしかった』

『わたしは十二、三歳の方が好き』

『十五歳ぐらいの正《まさ》に美少女然としたのが好き』

　等々《などなど》――おかげで、それぞれの年齢姿の櫻姫のエピソードをおまけ企画として始めたぐらいだ。

「……ねえ、櫻姫さま。わたし、思い出したんです。わたしは……そもそもは絵を描くのが好きで、上手に描けたら嬉しくって、描くことが楽しくて……それだけだったんだって。プロになれたらそれは勿論《もちろん》嬉しかっただろうけど、いつの間にかそれだけが目的になっていて、描くことが楽しいって想いを忘れてたんだなぁって……」

　今は本当に、絵を描くのが楽しい。

　そのことを思い出せて本当に嬉しい。

本当によかったと、心から思うのだ……。

※

季節は巡る。

夏が来て、秋が来て、冬が来て——そうして、春。

櫻姫の新芽は、活力剤の効果もあってか、すくすく成長し、ついに蕾《つぼみ》をつけた。

若葉の合間に小さな蕾を見つけた時、新芽を見つけた時と同じくらいの感動を覚えた。

花が咲いたら、もしかしたら櫻姫も復活されるかもしれない——そう思うと、居ても立ってもいられなくて、わたしは時間さえあれば櫻姫のもとを訪れるようになった。

勿論、毎回清酒は持参する——おかげで今月、わたしの財布は随分《ずいぶん》軽くなってしまったが、そこは一合瓶にすることで、何とかやりくりすることにした。

そうして、ついにその日が来た。

最初の一輪が開いたのだ！

薄紅色のその花は、以前のそれより小さくはあったが、わたしを喜ばせるには充分だった。

「咲いた！　咲きましたね、櫻姫さま」

今日も真っ黒なスマホ画面に向かって、わたしは語りかけた。

盃の中身も、相変わらず減らない……と、思った時だ。盃の中身が、風もないのに小さく波打ち、ほんの少しだけれど、清酒が減った！

錯覚だろうか。

わたしは目をこすり、もう一度盃を凝視《ぎょうし》した。

清酒の表面が波打ち、またしても——減った！

「櫻姫さま？　櫻姫さま！」

スマホ画面に呼びかけると、真っ黒だったそれが、少しずつ変化して——意外な姿を映し出した。

「……ええっと……櫻姫さま、ですよね？」

あまりにも予想外のその姿に、わたしはおずおずと尋《たず》ねる。

なぜなら。

『なんじゃ、加津子。わたくしの顔を忘れたのか？』

ご機嫌を損《そこ》ねたのか、しかめ面《つら》になられた櫻姫のそのお姿は。

どう見ても五、六歳の幼女だったのだ！

おまけに以前とは違い、瞳が桜色に変化しており、さらには耳の後ろに桜の若葉が生えてらっしゃるではないか——そう、わたしが描く櫻姫そのままに！

「な、なんでお姿が変わってらっしゃるんですか！　なんで、そんなお姿に……?」

驚きのあまり、声がひっくり返ったわたしに、櫻姫は呆《あき》れたように答えられた。

『何故《なぜ》も何も……加津子が集めた人々の想いが、わたくしはこういう姿だと信じたからに決まっておろう』

そうして櫻姫はにっこり微笑まれた。

『わたくしは、なかなか気に入っておるぞ。それで、加津子。この酒は何という銘柄《めいがら》なのかな……たいそう美味《うま》いが』

そのお尋ねに、わたしは慌《あわ》てて答える。

「は、はい！　純米吟醸《じゅんまいぎんじょう》『万齢《まんれい》』です！　これまで飲んだお酒の中で、一番好きな味だったのでお持ちしました」

『うむ。わたくしも好きな味じゃ。気に入ったゆえ、次回もこれでいいぞ……ただし、もう少し大きな瓶で頼む』

今回用意したのは四合瓶なのだが……以前のやりとりを思い出し、わたしは恐る恐る問いかけた。

「櫻姫さま。それ以上大きい瓶は一升瓶になってしまうのですが……?」

対する櫻姫の答えは簡潔だった。

『構わぬ。精をつけねば、力も戻らぬ。加津子は、わたくしを『育てて』くれるのだろう？』

にやりと笑われるそのお顔を見れば、『櫻姫は清酒がお好き』の内容をご存じなのは間違いない。

財布の中身が痛いことになりそうだが、復活された櫻姫へのお祝いとして、これは用意せねばなるまい。

「わかりました。次は一升お持ちします」

頷きながら答えたわたしに、櫻姫は更にリクエストされた。

『そうそう、ハルハルさん、だったかがお勧《すす》めしていた『獺祭《だっさい》』も飲んでみたい』

……万齢の一升瓶に加えて『獺祭』となると、今月の状況ではやや厳しい……が。

『加津子？』

小首を傾《かし》げてわたしを見上げる櫻姫の愛らしさに、わたしは全面降伏の白旗を上げた。

「……わかりました。ご用意します」

答えながら、わたしは来月の又三郎《またさぶろう》予算を少し減額することにしたのである……。

恋する川中島合戦

桑原水菜

甲州人のソウル・フード……ならぬソウル・リカーといえば、ワインだ。

甲州ワインだ。

甲府《こうふ》盆地の東のへりにあたる勝沼《かつぬま》周辺は、ワインの産地で知られている。

山梨《やまなし》県はフルーツ王国でも知られるが、勝沼付近にはたくさんのぶどう畑があって、ワイナリーも多い。県外にも出荷されるが、県内でもたくさん飲まれている。

山梨県人は日常的にワインを飲む。

フランス料理店とかイタリア料理店とか、そんな敷居の高いところで飲むものとも限らない。

ふつうに居酒屋で飲む。

地元向けにリーズナブルな一升瓶ワインなるものもあるし、ワイングラスなども使わず、ふつうにコップで飲む。一升瓶のワインをコップに注ぎ、クイクイと飲む。

晩酌《ばんしゃく》もワインだ。

少なくとも、大場《おおば》家ではそうだった。

勝沼に住んでいたから、友人の家がワイナリーだったりするのも珍しくなかった。神社のお祭りで奉納されるのはワインだし、御神酒《おみき》もワインだった。地産地消という名目を出すまでもなく、水を飲むようにワインを飲んだ。

とはいえ、値段の高いワインなんて滅多《めった》に飲まないし、グレート・ビンテージのワインを並べて知識を競うハイソな愛好家みたいな飲み方はしない。まあ、飲めば、ぶどうの品種が、甲州か、マスカット・ベーリーAかピノ・ノワールか、ぐらいはわかるが、語彙《ごい》がないのでソムリエみたいな専門用語や詩的な言葉で味を言い表すことはできない。

安いけど飲み口がすっきりとして酸味が絶妙な白ワインは刺身に合うし、まろやかで口当たりのよい赤ワインは甲州名物鳥もつ煮に合う。

その日の気分に合うワインで、仕事の疲れを癒《い》やす。それが勝沼の女の飲み方だ。

「だから、今日も大場さんはワインなんすね」

職場の飲み会で、大場晴子《はるこ》にそう指摘したのは、部下の野田幸紀《のだゆきのり》だった。

「私、子供のときから葡萄《ぶどう》の匂《にお》いにつつまれて育ってきたからね」

「さすがっす」

そういう野田が飲んでいるのは、ハイボールだ。

「ワインは私の血だもの。魂の糧《かて》だもの」

「そうなんですか。大場課長！」

食いついてきたのは、部下の女子社員たちだ。

「課長、私もワイン飲みたいですー。今度すてきなバーに連れてってくださいよ」

「私も私も！」

晴子の身長は百八十センチ、八頭身でショートカット。

モデル体型で小顔の細面《ほそおもて》、パンツスーツばかりを纏《まと》うスレンダーな容姿が、宝塚《たからづか》の男役のようだというので、社内ではすこぶる女子人気が高い。

バレンタインデーで女子社員がチョコを贈る相手は、男子社員ではなく、晴子だった。いまに始まったことではない。小学生の頃からそんな調子だったので、バレンタインとは晴子にとってチョコを「贈る日」などではなく、ずっと「もらう日」だった。女子校だったら、そのノリでも良い。だが共学だったので、男子から注がれる羨望《せんぼう》と嫉妬《しっと》のまなざしが痛かった。

いかにも男役が似合うような漢前《おとこまえ》な性分……ではないと自分では思う。が、ついつい周りから期待されるものに応《こた》えようとするため、気がつけば、宝塚枠を演じきっていた。育った環境が体育会系だったこともあり、さばさばしているだとか、竹を割ったような性格と言われ、たおやかだとか、ゆるふわだとかとは縁のない晴子だ。

「大場課長とワインなんて、はー……。想像しただけでうっとりするわー」

「バーのカウンターで赤ワインのうんちく聞きながら、課長に口説かれたいですー」

「課長、連れてってください。ワインバー」

あほか！　と一蹴《いっしゅう》したのは、晴子ではなく、野田のほうだった。

「どこの男装バーだ。そもそも大場課長はワインのうんちく語るのが、だいっきらいなの。ですよね？　確かバブル入社の上司にすごいのがいたとかで」

野田の言う通り。諸悪の根源は先輩たちだった。当時は、猫も杓子《しやくし》もワイン通であるのがおしゃれみたいな空気が蔓延《まんえん》していたようで、女子社員をワインバーにつれていって、うんちくをたれては口説きまくる、という悪名高い上司がいた。めちゃめちゃ評判が悪かったその男のせいで「ワインを語るやつは痛い」というイメージが植え付けられたことを、晴子はいまも根に持っている。

「私はうんちくなんて語らないよ。知らないし」

「ワイン以外は飲まないんですか」

「いい思い出がないからなあ」

新人社員時代はそれなりに興味がわくまま、いろんな酒を飲んでは、みた。

だがビールは発泡と口に残る苦みが苦手で初めの一杯しか飲めないし、背伸びをして飲んだウィスキーはいまいち好みと思えず、焼酎《しょうちゅう》は香りはいいが喉《のど》ごしがよすぎて物足りない。度数が高すぎるリキュールはアルコールのまわりが速すぎて嗜《たしな》めず、可愛いカクテルをデザート感覚で飲む程度だ。

いろいろ飲んでみて蒸留酒《じょうりゅうしゅ》よりも醸造酒《じょうぞうしゅ》が体に合っていることもわかってきた。

だが。

「……日本酒だけはダメだ。あれだけはダメ」

「なんかヤな思い出でも？」

思い出すのも、いまわしい。

学生時代のことだった。大学のコンパで行った安いチェーン居酒屋の飲み放題が最悪だった。特に、名もなき清酒——と晴子が呼んでいるアルコール添加たっぷりの安酒。ひどい悪酔いをして、翌日は顔がパンパンにむくんで頭は割れそうに痛く、吐き気も止まらず、ぐらんぐらん目が回り続けて、とうとう一日起きられなかったくらいだ。

「ちゃんぽんしたからじゃないんすか?」

「いや。あれは日本酒のせいだ。あれ以来、二度と日本酒は飲まない」

歴代上司からは「いい日本酒を飲んでいないからだ。いい日本酒は悪酔いなんかしない」とさんざん説得されたが、日本酒特有の、むわっとした匂いを嗅《か》ぐだけであの日の悪夢が甦《よみがえ》り、お猪口《ちょこ》に口もつけられなかった。

「匂いだけでもだめ。奈良漬《ならづ》けもだめ」

「酒粕《さけかす》は」

「酒粕もだめ」

「重症っすね」

「ああ、……ヤな思い出がもうひとつあったわ。同期にすごい日本酒好きがいて」

晴子はおつまみのくるみを口に放り込んだ。

「日本酒かワインかで大激論になったことがあって……。とっくみあい寸前に」

「激しいっすね。誰っすか」

「入社二年でやめちゃったから、野田君は知らない。けど、あの言いざまが本当に憎たらしくて」

――日本人なら米でしょ、米。米が主食なんだから、米の酒が体に合うに決まってるんだよ。ワインをありがたがるなんて西洋かぶれもいいとこだろ。

甲州人のソウル・リカーを「西洋かぶれの酒」などと言われて許せるわけもなかった。猛然とくってかかり、その年の忘年会の席での大激論は、社内の語りぐさになったくらいだ。

「しかも、その後、日本酒好きの可愛い受付嬢とつきあってた……」

「あらま」

「日本酒好きの男は押しつけがましくて性格も悪い。だから、嫌《いや》」

ひどい刷り込みだ。

野田は同情するような笑みを浮かべながら、

「まあ、日本酒飲めなくても人生困らないし、課長はワインでいいんじゃないですか？」

「いや、そうでもない」

この春、課長職についたばかりの晴子には、今まで業務になかったものがついてまわるようになった。取引先の接待というやつだ。日本酒が大好きで日本酒しか飲まない、という得意先の社長がいて、その接待では必ず日本酒を振る舞うことになっている。

「飲まないわけにはいかないでしょ。それが怖いんだってば」

「このご時世ですよ。強要されたらアルハラですよ。正直に伝えて他のにすれば」

「うん、まあ。そうなんだけど」

晴子たちが勤めているのは、甲府市内に本社を持つ雑貨メーカーだ。子供向けファンシー商品からプチプラ化粧品などまで幅広く展開している。晴子は今年、商品開発部の企画第二課長に就任した。

昔から企画力にかけては定評があり、社内コンペで優勝してヒット商品になった「ぺこぽこぴったん」シリーズは、いまや全国の子供たちのランドセルの中身を彩っている。

「そうだ。次のコンペに向けて何か新しいキャラのアイディアは出たの？　野田くん」

「はい。いくつか考えたんすけど、歴史上の人物なんかどうでしょ」

「歴史上の……？」

「はい。今は男女問わず、ゲームでも歴史キャラものが多いし、ファンシー系に持ってきても面白いんじゃないかなって」

「でも、おっさん多いよ。子供受けするかな」

「歴史マンガなんかも好評だし、有名どころをキャラ化すれば、子供たちも愛着持ったりして馴染《なじ》みやすいんじゃないかなあ。たとえば、動物と合体させてみるとか」

「たとえば？」

「織田信長《おだのぶなが》はハリネズミ、清少納言《せいしょうなごん》をカワウソ、坂本龍馬《さかもとりょうま》をワラビーとか」

「幕末や平安時代の人間は、どうだろうなあ。子供に馴染みあるかなあ?」

「なら時代を絞りますか」

「戦国武将をメインにするってどう?」

「武将っすか? うーん。まあ、ありですけど」

「信玄公《しんげんこう》!」

晴子は身を乗り出した。

「戦国武将といったら武田《たけだ》信玄公でしょ! 信長なんかより信玄公でしょ!」

「あ……まあ、うちは本社甲府ですしね」

「信玄公をメインにして、戦国武将シリーズにするというのは、どう?」

「戦国武将ですかあ。うーん……」

野田はハイボールを飲み干して言った。

「……まずは歴史の勉強からっすかね」

＊

戦国武将・武田信玄。

彼の名前を出せば、甲州人とそうでないものは一発で見抜ける。甲州人は「信玄」などと呼び捨てにはしない。必ず「公」をつける。

晴子も自然にそうなる。幼い頃は「公」までが名前だと思っていた節もある。なにより「信玄公」への思い入れは人一倍だ。

なぜなら、晴子の「晴」の字は、信玄の若い頃の名前「武田晴信《はるのぶ》」から一字をいただいたものだからだ。

父の実家は目の前が武田神社で、その昔、武田家の家臣だったとか。正確には家臣の家臣……陪臣《ばいしん》なのだが、国主である武田家は晴子たち一家にとって「ご主人様」という認識だ。しかも母方の祖先は、うそかほんとか、武田の居城・躑躅ヶ崎館《つつじがさきやかた》で侍女《じじょ》をしていたという。武田とはゆかりが深い生まれ育ちなのだ。

だから「信玄公」には深い愛着と敬慕《けいぼ》の念がある。

祖父は剣道の師範《しはん》で、県警で長く若い剣士たちを指導していた。父は学生時代、全国大会で優勝したほどの腕前で、その後、居合《いあい》に転身して、今も道場に通っている。母は合気道で国際大会に出たこともあるくらいの武道一家だ。

そんな一家で生まれ育った晴子は、武道ばかりを習わされた。本当はピアノとかバレエとか、カタカナの習い事をしてみたかったが、かなわない夢だった。そっちを極めていれば、本当に宝塚を目指したかもしれないのに。

だが、武田ゆかりの者というプライドもある。

武田の「武」の字は武道の「武」だ。

だから「武」を尊《たっと》ぶ。

ただし、具体的に戦国時代がどういう時代だったのかというと、実はよくわからない。

もちろん、小学生の頃、地元の歴史を学ぶ時間にしっかり叩き込まれたはずなのだが、いま頭に残っているのは信玄堤《づつみ》と川中島合戦《かわなかじまかっせん》だけだ。

越後《えちご》の武将・上杉謙信《うえすぎけんしん》と戦ったという。

武田信玄の宿命のライバルだ。

「それだ！　それですよ！」

翌日、野田が興奮して言いだした。

「てっとり早く川中島の合戦に出ましょう！」

はい？　と晴子は目を剝《む》いた。

「合戦にって、なに言ってんの。タイムスリップでもしろと？」

「だから、あれですよ。毎年、石和《いさわ》温泉でやるお祭りの合戦に参加するんですよ」

「ああ。あの、みんなで甲冑《かっちゅう》着て河原でやる、体育祭の騎馬戦みたいな？」

「そうです。武田と上杉に分かれて、河原で、わーって戦うやつです」

毎年ローカルテレビで中継したりもしている。笛吹《ふえふき》市の名物行事だ。

「雑兵《ぞうひょう》を公募してるんですよ。俺も学生の頃、出させられたことがあります」

野田は石和の出身だった。

「歴史の勉強よりも身をもって体験したほうが、近道ですよ。キャラ作りの勉強にもなるんじゃないですかね」

「ちょっと待った。それって私も出るってこと?」

「当然です。課長が出ないで誰が出るんです。ねえ、みんな」

すると、女子社員が一斉に黄色い声をあげた。

「大場課長が甲冑着るんですかあ?」

「みたいみたい～」

「大場課長の、合戦みてみたーい!」

「みんなで応援いきますー」

なんやかんやで、「やらない」とは言えない空気になってしまった。

野田は音頭取りが得意なお祭り男だ。一度盛り上がると、即実行。飲み会の幹事にも自分から手を上げる男だ。

野田はさっそくパソコンのキーを叩き、Ｗｅｂサイトの応募フォームに登録した。

こうして大場晴子と野田幸紀は、社を代表して川中島合戦に参戦することになってしまった。

*

当日はよく晴れていた。

この合戦に参加したくて地元だけでなく全国から希望者が集まるという。武将役はあらかじめ決まっているので、参加者は皆、雑兵ということになるが、武田軍が赤、上杉軍が黒の甲冑を着るのが伝統だ。

「おお、さすが課長、似合いますね！」

衣装つけの会場になっている小学校の体育館で、野田は手を叩いて喜んだ。雑兵の甲冑はとても簡素なものだが、それでもそこそこかさばるし、重い。はちまきをつけて、手甲《てつこう》脚絆《きやはん》にわらじを履《は》くと、それなりに雑兵らしくみえてくる。

「男装の麗人・戦国版ですかね。武田でよかったですねえ。赤備《あかぞな》え」

「当たり前だ。上杉なんかできるか」

武田ゆかりの大場家の人間としては、たとえお祭りといえど、敵方につくことなどありえない。

「私が上杉なんかやった日には、なんなら内通者になって、上杉謙信の首をとりにいく」

「よくわかんないすけど、地元はみんな武田びいきですしね。噂《うわさ》じゃ弁当の中身も武田のほうが豪華だとかなんとか」

一方の野田は背が低く、少し固太りしているので全体的に丸っこい。長身で痩身《そうしん》の晴子と並ぶと、美青年足軽とその従者だ。

「弁当の善《よ》し悪《あ》しはともかく、このいでたちになるとなんとなく戦場に出る覚悟が決まってくるな。でも、これで本当に戦国武将の勉強になるんだろうか」

「なりますよ。キャラ作りにもこういう地道なリアリティが大事なんです」

リハーサルの招集がかかると、目の前をひときわ立派な甲冑の男がお付きの人とともに横切っていった。

「あーっ。信玄公！」

思わず声が出た。一目でわかる。あの信玄公特有の白いふさふさと鬼瓦《おにがわら》みたいな前立てがついた兜《かぶと》、立派な口ひげ、手には軍配《ぐんばい》。

甲府の駅前にどっかと座っている、あの銅像そのままだ。

しかし、こちらは雑兵の身。畏《おそ》れ多くてとても声をかけられない。

「これが主君を前にした雑兵の気持ちかあ。ドキドキしたわー」

「雑兵からしたら雲の上の方ですもんね。ほらほら、よく観察しないと」

「だめ。お屋形様がまぶしすぎて、何もみえない」

川中島合戦戦国絵巻と名付けられた年に一回の祭りは、笛吹川の河川敷で行われる。

見物客も大勢集まってきて、観覧席はびっしりだ。河原には両軍の軍旗が翻《ひるがえ》る。武田方は「風林火山」、上杉軍は「毘」。それが一番大きくて、あとはそれぞれの武将隊の旗印や馬印が掲《かか》げられ、戦国気分を盛り上げている。

観覧席には部下の女性社員たちが双眼鏡片手にいまかいまかと出陣を待っている。

「大場課長——ッ！」

入場してきた「原昌胤《はらまさたね》隊」に晴子はいた。

赤い武具をまとう晴子は、さながら宝塚のスターだ。武将役のように兜に甲冑というキラキラしさはないが、スレンダーで頭が小さく脚が長いから、男子にも埋もれない。はちまきをなびかせる美貌の若武者といった風情《ふぜい》で、遠くからでも目を惹《ひ》いた。

さすが地元だけあって武田軍は大人気だ。

パレード中も年配者からしきりに声をかけられたし、拍手も多い。甲州人は武田びいきだから、盛り上がりがちがう。

全軍が河原に揃《そろ》うと、出陣式が始まる。武田は「三献《さんこん》の儀」、上杉は「武締式《ぶていしき》」。それぞれ総大将である信玄役と謙信役が前に進み出て執り行う。

「御旗《みはた》、楯無《たてなし》、ご照覧あれ！」

信玄役が杯《さかずき》を割ると、家臣たちも杯を割る。

観客は沸き返った。

そのあと、いよいよ合戦だ。川中島の合戦を時系列通りに行うことになる。第四次川中島の合戦。信玄と謙信は、五度、川中島で相まみえているが、一番有名で、一番激しかったのが、これだ。「鞭声粛々《べんせいしゆくしゆく》、夜河《よるかわ》を渡る」と講談にもなった。海津城《かいづじよう》の武田軍と、それを見下ろす妻女山《さいじよさん》に陣を据えた上杉軍。両者は何日もにらみ合っていたが、先に動いたのは武田軍だった。海津城の夕餉《ゆうげ》の煙が多かったのを見て、攻撃がまもないことを察知した上杉軍は、その夜、霧《きり》に紛《まぎ》れて妻女山を下りる。その読みは的中した。上杉軍の背後には、妻女山を奇襲する別働隊が迫っていたのだ。

翌朝——。濃霧《のうむ》で視界も危うい中、武田軍と上杉軍は八幡原《はちまんぱら》で鉢合《はちあ》わせ、戦いの火ぶたが切って落とされるというわけだ。

数々の映画やドラマや小説で描かれてきた川中島の合戦には、お約束がひとつある。信玄と謙信の一騎打ちだ。むろん、史実ではなかったろうが、このクライマックスをどう描くかが腕の見せどころというわけだ。

大河ドラマでも必ず見せ場になるこの合戦を、お祭りでは、生で再現する。

出陣式が無事終わると、各軍、移動して陣容を整える。武田軍が「鶴翼《かくよく》の陣《じん》」上杉軍が「車懸《くるまが》かりの陣」。ここから、いよいよ合戦が始まる。

晴子たちがいる原昌胤隊も動いた。各隊が所定の位置につき、土手にしつらえた観覧席からは、マスゲームのように、きれいな鶴の翼に見立てた陣容のミニ再現がみえているはずだ。

　この後、晴子たち雑兵たちには合戦での「戦闘」が待っている。

「戦闘って具体的になにすればいいの？」

「ちゃんばらごっこですよ」

「ちゃんばら？　誰と？」

「上杉なら誰でもいいんです。本気の殺陣《たて》はそれ専門の人たちが観客席の近くで見せるから、俺ら雑兵はうしろのほうで適当に刀をぶつけあってればいいんですよ」

「そういうもの？」

　ホラ貝が鳴り響く。テンションも上がってきた。

　いよいよ合戦の時だ。陣太鼓が太く打ち鳴らされて「かかれ！」の合図とともに武将役が先陣を切って飛び出していくと、晴子たちも刀を抜いて一斉に河原へと駆けだした。

「え、えーと……わー！」

　わーっ。

　雑兵たちが一斉に駆けだすと、向こうからも、わーっと駆けてきて、河原の真ん中付近でぶつかりあう。その数、七百人あまり。槍《やり》や刀を振り上げて、敵味方の雑兵たちが大勢でもみあっている感じになれば、遠目には迫力のある合戦めいてみえるというわけだ。

　赤い武田と黒い上杉が入り交じると、なかなかの大迫力だ。

雑兵たちがそこここでぶつかりあって一緒くたになり、晴子と野田の周りでも槍《やり》や刀で戦い始めている。そのへんは細かい段取りがないので、自由戦闘だ。

「私たちも戦わないと。でも誰と」

顔見知りでもない上杉軍の雑兵と、いきなり戦う……といってもなかなかハードルが高い。大体、相手になってくれる相手を見つけるのも一苦労だ。見つけられない雑兵は右往《う》左往《さおう》するばかりとなる。本当の戦《いくさ》もこんな感じだったのだろうか。

などと思っていたら、突然、晴子の目の前に上杉の雑兵が飛び込んできた。

刀を振り上げている。

え？　と思った時には斬《き》りかかられた。

「ひ！」

晴子は咄嗟《とっさ》に刀で受けた。

見ず知らずの男から、いきなり斬りかかられた。

これは驚く。

「あの、……え？　戦うんですか」

「戦いましょう」

と上杉の雑兵が力強く言った。

黒い甲冑に黒いはちまき、至近距離で刀を合わせたその男はなかなか見目がいい。ほどよく上背もある。晴子よりも十センチは高い。筋骨隆々《きんこつりゅうりゅう》というほどではないが、陸上向きのスポーツ体型で、日焼けした肌に面長《おもなが》の顔立ち、少し目尻の下がった切れ長の瞳はどこか切なげなのに、眉はきりりとつり上がり、頑強な顎《あご》には短いひげをはやしている。

一目見て、どき、とした。

これは……っ、と思った。

しかし容赦《ようしゃ》がない。

上杉の男は、また刀を振り下ろしてくる。晴子はわけもわからず刀を上げて受けた。軽い模造刀でも手応えがあった。ジン、と手がしびれた。晴子は返す刀で刀身をすくい上げ、斬り返した。上杉の男は素早く反応し、正面でがちりと受け止める。

――できる！

と感じたのは、その剣筋が祖父とよく似ていたからだ。

「やりますね」

上杉の男は白い歯を見せて、笑った。

「そちらこそ」

晴子も笑い返した。

「でも負けませんよ」

剣を交わすうちに遊びではなくなってきた。もちろん模造刀は竹刀《しない》のように突くことはできないし、面をとりにいくこともできないが、一瞬も気が抜けない。鋭く地を蹴り、踏み込んで鍔迫《つばぜ》り合いになっては突き放し、間合いを計り、青眼《せいがん》に構え、踏み込んでは刀を合わせ、はねのけ、斬りかかる……。

ふたりが醸《かも》す迫真の空気はいつのまにか周りを圧倒しはじめた。

「ちょ、大場さん、なにやってんすか！」

野田も「ちゃんばら」をやめて叫んだ。

が、聞こえていないのか、ふたりは真顔で斬り結ぶ。大真面目《おおまじめ》に戦っている。

できる。

相手の太刀筋《たちすじ》は明らかに素人《しろうと》ではない。かなりの腕の持ち主だ。気迫で押してくる。剣さばきが巧《たく》みで、気を抜くと喉元を突いてこられそうな怖さがある。晴子は悟った。これは本気だ。手加減がない。勝負を懸《か》けてきている剣だと。

ならば、こちらも負けるわけにいかない。押していくのが甲州流だ。

晴子は攻めに転じた。こうなると晴子の剣は速い。神速と呼ばれた祖父じこみの剣だ。

お互い一歩も譲らない。

雄々《おお》しく気合いを発し、上杉の男が斬り込んだ。晴子が上段で受けた拍子に、足元が何かにひっかかった。わらじの紐《ひも》が切れたのだ。慣れないわらじで動いていたため、紐を踏んで足がもつれ、後ろにひっくり返ってしまう。上杉の男も勢い余って前につんのめり、ふたりは折り重なるように倒れ込んでしまった。

見事に押し倒された格好の晴子の真上に、男の顔がある。

「だ」

男は至近距離で言った。

「だいじょうぶですか」

晴子は茫然《ぼうぜん》とした。顔から火を噴いた。

これはいったい、なんなのだろう。

＊

こんなところで不覚をとるとは思わなかった。

剣の腕には多少おぼえがあったため、余計に釈然としなかった。

しかも相手は宿敵。上杉の男ではないか。

武田の人間としては、決して後《おく》れをとるわけにはいかなかったというのに。

「またまた大袈裟《おおげさ》な」

と野田は笑い飛ばした。

「たかが、ちゃんばらじゃないですか。勝ちも負けもないですよ」

「ある」

晴子はむきになった。

「さっきのやつは上杉方として勝負を挑んできた。武田を打ち負かす気満々だった。武田が主役の合戦でだ。返り討ちにしてやるつもりだったのに、一騎打ちで倒されるなんて武田の名折れ……」

「ってお互い雑兵っすよ。オーバーだなぁ」

いや、負けは負けだ。剣の勝負では「負けた」と思った方が「負け」なのだ。気持ちの問題なのだ。あんなに衆目《しゅうもく》を集めた場所で負けを喫するとは。

顔から火を噴くほど恥ずかしかった。

思い出したら、またドキドキしてきた。

「ん？　ドキドキ……？」

「顔が真っ赤ですよ。しっかりしてくださいよ。大場さんってば」

今年の川中島の合戦は、無事終了した。

武田も上杉もノーサイドとなった後は、武将たちも和気藹々《わきあいあい》とした空気に包まれている。

「かちょ――ッ！　すてきでした――ッ！」

観客席から応援していた女子社員たちが大興奮で晴子のもとに駆け寄ってきた。

「あそこだけ異空間でした。あそこだけ宝塚劇場でした」

「あんな課長の勇姿が見れるなら毎年出て欲しいですー」

「しかも、あんなところで床ドンされるなんて」

晴子は、ぴくり、とにらみつけた。

「床ドン？　なにそれ」

「上杉の刺客《しかく》（※彼女らの目線上では「刺客」という設定になっていたらしい）にやられかけたときですよ。課長、押し倒されてたじゃないですか」

「はああ萌《も》えましたー。戦場で男役同士が床ドンなんて」

何か色々間違えている。

晴子は「男役」ではないし、相手は「役」ではなく正真正銘の「男」だ。

「ん？　でも私は雑兵だから男役でいいのか……」

「床ドンなんかじゃない！　断じて課長は床ドンなんかされてない！」

野田が猛然と割って入ってきた。

「ただのアクシデントだ。変なフラグたてるな！」

「なにムキになってんの。野田くん」

確かに事故だった。あの後、派手に倒れた晴子に、上杉の男は起き上がりざま手を差し伸べ、腕を引いて立ち上がらせてくれた。思いの外《ほか》、紳士的な振る舞いで「大丈夫ですか」と晴子を気遣《きづか》うと、自分のわらじを素早く脱いで、紐の切れた晴子のわらじの代わりに履かせてくれた。手際《てぎわ》のよさはすばらしく、「すみませんでした」と殊勝《しゅしょう》に頭を下げたところで、退却の合図が響き、上杉の男は右だけ地下足袋《じかたび》のまま陣地へと戻った。

それきりだ。どこの誰ともわからない。

その後にもう一度、総懸かりの「戦闘」が行われたが、再び相まみえることはなかった。雑兵たちは入り乱れてぐっちゃぐちゃになっていたので、上杉のどこの隊の者ともわからない。人数が多い上に、皆、同じ足軽具足を身につけているから、群衆にまぎれてしまったら遠目からはもう見分けがつかなかった。

合戦終了後は、体育館で衣装を脱ぎ、そのまま解散になってしまうから、もう会う機会はない。向こうは上杉軍だったし、一般公募の雑兵ならば、なおさらだ。地元の人間とは限らず、遠征してきた参加者かもしれず、本当にもうどこの誰だかわからない。

支度をした体育館に戻り、具足を脱ごうとした晴子は、ふと足元を見下ろして、大きさのちがうわらじに気がついた。

「……足、大きいんだな」

晴子に自分のわらじを履かせて、片足を泥だらけにして走り去っていった、あの背中を思い出していた。

「……あっ。わらじ」

貸衣装のわらじも返さなければならないのだが、左右でサイズがちがうものをそのまま返すのはまずいのではないだろうか。

「どうしよう」

晴子がもともと履いていたわらじは、上杉の男が持っていってしまった。その後どうしたかはわからない。サイズのちがうわらじが二足もあっては衣装業者も困るだろう。

武田軍と上杉軍は、支度をする体育館も別々の小学校だ。迷った挙げ句、

「やっぱり返してもらわないと」

急いで着替えをして、係の人に事情を話した。

もう一方の小学校に持っていって、そこでどうにか交換しようと思っていた矢先のことだった。

「あ」

体育館を出たところで、晴子は足を止めた。

向こうから見覚えのある男がやってきたのだ。

もう雑兵姿ではない。衣装は脱いで、パーカとデニムというラフな私服姿だった。

晴子と戦った上杉の男ではないか。

「あ」

と向こうもこちらに気がついた。

「あのときの」

ふたりの声が揃った。

上杉の男は晴子同様、手にはわらじを抱《かか》えている。お互いにわらじを手にしていたことで、考えが一緒だったと知り、思わず破顔した。

「さっきはどうも。足、大丈夫でしたか?」

「はい。代わりのわらじ履かせてくれてありがとうございました」

「いやあ、サイズちがいだったのを忘れていました。このまま返却したら後で使う人が困るだろうなと思って」

晴子より一足先に武田軍の支度所まで持ってきてくれたらしい。

「すれちがいにならなくてよかったですね」

わらじを交換した。左右大きさのちがうわらじは、ようやく元あるところにおさまった。

「いや、すごい剣筋でした。あんな鋭い剣を受けたのは、大学の全国大会以来です」

「全国大会?　剣道のですか?」

上杉の男ははにかみながら「はい」と答えた。大学の剣道部で全国大会に出るというのは、相当の腕前だ。

「社会人になってさっぱり竹刀を握らなくなりましたが、久しぶりにやってみたくなりました。あなたも剣道を?」

「うちは武道一家で」

祖父が師範で父が全国大会優勝者だと言ったら「どうりで」と納得している。

「実は私、新潟《にいがた》の出身で上杉謙信が好きでして。それでこの川中島合戦には一度出てみたいと思っていたんです」

ぬ？　と晴子は構えた。越後《えちご》の人間なのか、この男？

敵地からわざわざここまでやってきたと？

「はは。こんな強い女性がいるなんて、さすが武田だなあ。手強《てごわ》い手強い」

笑うと、強面《こわもて》が崩れてなんとも人なつこい顔になる。合戦での態度が不遜《ふそん》だったので、もっとふてぶてしい男かと思いきや、意外にも爽《さわ》やかで晴子は驚いた。

「また来年会えるといいですね。それじゃあ、また」

「ちょ、待ってください！」

きびすを返して去ろうとする男を、思わず呼び止めた。

「この後、お時間ありますか？　よかったら、お茶でもしませんか」

突然の申し出に上杉の男は驚いた顔をした。

晴子は「しまった」と思った。これではまるでナンパだ。

「……あの、じゃなくて、上杉の話を聴かせて欲しいんです！」

＊

上杉《うえすぎ》の男の名は、白河《しらかわ》と言った。

結局、お茶ではなくて、夕飯を食べることになった。

白河は友人たちと来ていたが、皆は車で帰るという。白河はもう一泊して翌日観光をするのだと言い、ひとりで夕食をとるのもなんなので、という話になった。

見ず知らずの男と急にふたりで夕食を、というのはいかがなものか、とお堅い家庭に育った晴子《はるこ》は思ったが、これは下心ではない。あくまで仕事のうち、と言い聞かせ、待ち合わせた甲府《こうふ》駅で落ち合った。

どこかおすすめの店は？　と問われたので、晴子は行きつけのイタリアンに案内した。地場産食材を豊富に扱っていて、甲州ワインもたくさん揃《そろ》っている。

「あ……。ほうとうとかのほうが、よかったですか？」

席についてから、晴子は思わずたずねた。わざわざ甲府でイタリアン、というのは観光客的にはどうだろうと思ったからだ。

「いえ。甲州ワイン、飲んでみたかったので大歓迎です」

蒼龍《そうりゅう》のシュール・リーという特別醸造ワインで乾杯した。

「ああ、これはまたしっかりしてますね。白ワインでもこれだけ厚みのあるふくよかな辛《から》口《くち》は、なかなか」

「蒼龍葡萄酒さんは勝沼でも伝統のあるワイナリーのひとつなんです。百年以上の歴史があって、うちにはここの一升瓶の白ワインがいつも常備されてますよ」

「ワインなのに一升瓶？　それはまた甲州らしいなあ」

笑うと、人なつこい顔になる。合戦場での苦み走った顔つきとは別人のようだ。甲州地《じ》鶏《どり》ともよく合う白ワインが気に入ったようで、軽々と一本空けてしまった。

「お酒強いんですね」

「若い頃から鍛えられました。体育会系だったのでよく飲みました。大場《おおば》さんは？」

「うちの部署で私についてこられるのは、二個下の男性社員だけです」

「はは。酒豪ですね」

「もっとも、私が飲めるのはワインだけですけど」

「ああ、甲州ワインのお膝元《ひざもと》ならワイン好きになるでしょうね。僕は越後育ちなので地酒ばかり飲んできたせいで、すっかり日本酒好きになりました」

晴子は「うっ」と内心怯《ひる》んだ。日本酒……。そうか、越後といえば、日本酒だ。

上杉方とはどこまでも相容《あいい》れないということか。

「大場さんは日本酒は飲みますか」

だ。

「いえ、実は苦手で。まったく」

「え、そうなんですか」

晴子は思わず身構えた。今までのパターンだと、日本酒好きは必ず二言目には「安酒しか飲んでないからだ」と言い、押しつけがましく「いい日本酒を飲め」と勧《すす》めてくるからだ。

だが――。

「はは。そういう人、結構いますよ。人生は短いんだから自分に合わないお酒を飲んでる時間なんてない。好きなお酒を楽しく飲むのが一番ですよ」

あれ？　と晴子は拍子抜けした。ここで日本酒を勧めてこないのか？　日本酒の美点を並べたてて「飲まないと人生損してる」とは言わないのだろうか。

「ワインはあまり飲む機会がないんですが、最近の国産ワインは海外で賞をとるくらいレベルアップしていると聞いて、一度、腰を据えて飲んでみたいと思っていたところです。おすすめのワイナリーなどはありますか」

好奇心に目を輝かせてワインのことを聞いてくる。地元に気を遣《つか》ってくれているのだろうな、と思ったが、好きなものに興味を持ってもらえるのは、単純に嬉しい。

会話は弾《はず》んだ。

白河は気さくで茶目っ気もあり、晴子とは笑いのツボも似ているのか、終始笑顔が絶えなかった。ワインのこと、剣道のこと、合戦のこぼれ話、地元の歴史、上杉と武田《たけだ》の話、友人との旅行話……。

デザートワインまでたどり着いた時には、すっかり打ち解け合っていた。

「長身が恥ずかしい……？　どうしてですか。モデルみたいでかっこいいのに」

ほろ酔いの頭でコンプレックスを打ち明けると、白河は意外そうな顔をした。舌にからみつくような甘ったるい白ワインを、華奢《きゃしゃ》なグラスで少しずつ飲みながら、晴子は憂鬱《ゆううつ》そうに言った。

「それなんです。友達と一緒にいても、いつも頭ひとつ抜き出てて、目立ちたくないのに目立ってしまうから、つい猫背になって身長を低く見せるようにしてました」

「目立つのが嫌だったんですね」

「はい。子供の頃は引っ込み思案で、人前に出るのも苦手だったんです。それがどんどん背だけ伸びて、朝礼で並んでいても飛び抜けてるから、先生とやたら目が合うし。たいがいの男子は私より低かったから、デカ女とか散々言われて」

ただ、と晴子は少し明るく、

「剣道をやってる時は背が高いのは有利でした。リーチが長くて歩幅も大きいから、相手が懐《ふところ》に飛び込んでくる前に面や小手がとれるんです。敏捷《びんしょう》性には自信があったので」

「確かに。反応速度がすごかった」

「小学生の時は男子にも負けなしでした。……あ、でもひとりだけ、いた。私に勝った子が」

「無敵の大場さんに、ですか？　どんな？」

「私よりずっと背の低い男子でした」

　プリッツをつまみ上げ、晴子は剣を振るように何度か縦《たて》に振ってみせた。

「……クラスでも前から二番くらいの小柄な男子でした。背丈《せたけ》が私の肩くらいしかないのに、物凄《ものすご》く敏捷で。打ち込みも鋭くて……三回に二回は負けてました」

「それはよっぽどですね」

「実は私、その子のことが好きだったんです」

　頬杖《ほおづえ》をついて、晴子はプリッツの先をゆらゆらと振った。

「ずーっと片思いしてました」

「告白しなかったんですか」

「したかったんだけど……、私、背が高すぎるでしょ。その子より二十センチも高かった。男の子は自分より背の高い女なんて、いやだろうから」

「そんなことはありませんよ」

「白河さんは背が高いからわからないんですよ。そうでなくても背が低いのは男子にはコンプレックスになるみたいだし、自分よりもずっとずっと背が高い彼女なんて連れて歩きたくないだろうし」

「大場さんは彼氏が自分より背が低いのは嫌じゃないんですか」

「私は全然！　一度好きになったなら、身長差なんて」

「だったら、男のほうもそうだと思いますよ」

白河もプリッツをつまみ、指揮棒を振るように、揺らしてみせた。

「一度好きになったら関係ないです。そこも含めて好きなんだから。そう言うと思いますよ」

「貧乳でもですか」

「好きになった相手がそうだっただけです」

「えらが張ってても？　鼻が上向いていても？」

「そういうところこそチャーミングにみえるものでしょ。ああ、自分はこの人が本当に好きなんだなぁって思えます」

晴子はふと肩の凝《こ》りがほぐれたような気持ちになった。

「……それ、中学の時に言って欲しかったです」

「ですかね」

「中学に入ると、男子はみんなどんどん背が伸びたから、いつかその子も私を追い越してくれるかも、そしたら堂々と告白しようなんて思ってたんだけど、……あと五センチ足りず」

「五センチか」

「いえ、その子のせいじゃないです。全然。だめだったのは、せっかくハードルが二十センチから五センチになったのに、跳び越えられなかった私のほう……」

しみじみと振り返っていると甘酸っぱい思い出とともに一抹《いちまつ》の後悔がこみ上げてきた。

グラスに半分残った甘ったるい白ワインがダウンライトを受けて、黄金色に輝いている。

「あっ。すみません。私のことばかり。上杉の話を聞くはずだったのに」

「いえいえ。もう一杯、飲みますか」

白河は相変わらず人なつこい笑顔だ。初対面から何時間も経《た》っていないというのに、まるで旧知の仲のように構えがない。きっと酒を穏やかに愉《たの》しめる男なのだろう。

居心地のいい時間だ。

甘口のワインが沁《し》みる。

店を出ると、ほろ酔いの頰に夜風がひんやりと心地よかった。

「いやあ、楽しい時間でした」

「ありがとうございました。いろいろ参考にもなりました」

商品開発の取材という口実だったが、それを忘れるほど、意気投合していた。

このままお開きにしてしまうのは、名残惜《なごりお》しい。

――もう一軒、行きませんか。

との一言が喉《のど》まで出かかっていたが、一日がかりの合戦でお互い疲れている。自分はともかく白河は遠方からの移動もあっただろうし、疲れているところにわがままを言って、かえって気を遣わせるのも悪い気がして、二軒目を誘うのはためらわれた。

すると、白河が言ったのだ。

「……今度、上越《じょうえつ》に遊びに来ませんか」

「え？」

「上杉謙信《けんしん》の居城、春日山城《かすがやまじょう》があるんです。よければ案内しますよ。謙信公のことを勉強するなら、やっぱり越後を見てほしいです」

白河は名刺を差し出した。その裏にボールペンでさらさらとＬＩＮＥのＩＤを書き込むと、晴子に渡した。

「よかったら、ここに連絡ください。五月の越後も爽《さわ》やかでいいですよ」

「え……っ。いいんですか」

「もちろん。今日の御礼です。連絡待ってます」

と言うと、大きな手を差し出す。握手を求めている。晴子はその手を握り返した。

「これで和睦《わぼく》」

越後の男ははにかむように笑った。

*

上杉謙信に興味を持つようになったのは、白河のおかげだ。

今までは「信玄公《しんげんこう》のライバル」程度の認識だったが、「白河が好きな人物」という認識が加わってから急に気になり始めた。語りが熱かったのですっかり感化されたのだろう。読み慣れない歴史小説を読んでみたり、大河ドラマを見直してみたりしているうちに親近感が湧いてきた。というか、側室を何人も持っていた信玄よりも、仏法に帰依《きえ》して生涯独身を貫《つらぬ》いた謙信はストイックで好感を抱けたし、共感もできた。領土を拡大しようという野望を持たなかったところにも一種のすがすがしさがある。家のために子孫を多く持つことも領土拡大も、戦国時代という過酷な時代を生きるためには当たり前に必要だっただろうに、謙信は自分の生き方を貫いたのだ。その生涯がどこか俗世離れしてみえるのは、そのせいだ。

武家を背負った長男というものは、自分が考えているよりもずっと、大きな責任とプレッシャーにさらされていただろう。それを果たした信玄は、むしろ当時の時代の「正しい生き方」の見本だ。かくあるべし、だ。

謙信は四男坊で、少年時代に寺に出された。僧として一生を終えるはずだったのが、家中の対立がひどくなる中で担《かつ》ぎ上げられ、実の兄に叛乱《はんらん》を起こして、自分が国主になったという経緯《けいい》がある。それは野心ではなく、たぶん、家のため国のため、自分が表舞台に出ていかなければならなかったということなのだろう。

思春期の柔らかい心に仏の教えを叩き込まれた謙信が、自分の生き方と国主としての生き方に折り合いをつけるためには、葛藤《かっとう》があったはずなのだ。それが証拠に謙信は、国主になってから、一度、出奔《しゅっぽん》事件を起こしている。

領内での諍《いさか》いをやめない家臣たちの身勝手さに嫌気が差したというが、本当はどうだったのだろう。それらをまとめきる人徳がない自分に、もしかしたら自信を失ったのかもしれない。

まだ信玄のほうが人心掌握《しょうあく》に優れ、家臣団を統率させるだけの自信と非情さを併せ持っていただろうと感じられる。生まれながらの嫡男《ちゃくなん》は、覚悟がちがう。

「……でも、その気持ち、わかるわー」

晴子は文庫本を閉じて、呟《つぶや》いた。

「手のかかる部下たちに振り回されていると、私も出家したくなるもんな」

大人になったからこそ、わかる。

見るからに不器用そうな謙信に、晴子は共感せずにはいられない。

独身子なし、というところも共通点だ。戦国時代の国主なんて、自分なんかよりも余程、周囲からの結婚プレッシャーは大きかっただろうに。

春日山城とはどんなところなのだろう。本丸からは海がみえるという。海のない甲斐《かい》育ちの晴子は、その眺めをこの目で見てみたいと思った。人間・謙信が見ていた景色を。

スマホを手にして、白河とのトーク画面を開く。

あの翌日、短い御礼のやりとりをしたきりになっていた。

――今度、越後に遊びに来ませんか。

別れ際《ぎわ》の言葉。

その受け取り方に悩んでいた。単なる社交辞令のようにも聞こえたし、そうでないようにも聞こえた。

口実でもなければ、おいそれと声をかけられない。社会人同士の大人の気遣いとか言葉の裏とか社交辞令とか、そういうものを汲《く》みとりすぎて、気がつくと、人間関係を前に進めることが億劫《おっくう》になっていった。仕事と割り切れる場面ならば立場で動ける分、まだマシだが、社会人としての出会いをプライベートで深めるのは、距離感を測るのが苦手な晴子にとって楽なことではない。人との間合いは剣道のようにはいかない。

相手の事情に気遣って、忖度《そんたく》して、遠回りをしているうちに気疲れして……。そんなことが続くうちに恋愛そのものも億劫になっていってしまった。出会いがあっても深めることには消極的で、多忙に身を任せているうちに、踏み出し方もよくわからなくなった晴子だ。

　SNSでやりとりをし続けたわけでもないのに、突然、遊びに行きたいなどと言いだすのは迷惑ではないだろうか。

　いや、晴子は首を振る。そんなことを言っていたら、一生、誰にも声をかけられない。春日山城に行きたい、と思ったのは本当だ。

　だったらダメ元でいいではないか。社交辞令だったなら、向こうも社会人だ。適当な言い訳をつけて、さくっと断るだろう。別にそれでもかまわない。何と思うこともない。

　ここはあえて、あっけらかんと声をかけてみようじゃないか。

〝お久しぶりです〟

　晴子は文字を打ち始めた。

＊

　二ヶ月ぶりに再会した白河は、合戦の頃よりも髪が短くなり、往年《おうねん》の強豪剣士を思わせた。

　上越妙高《みょうこう》駅で待っていた白河は、晴子の顔を見ると、旧知の友のように親しげに笑顔で手を上げた。たった一日会っただけの間柄と思えないほど、ごく自然に会話を始められるのは、ほんの数分といえど剣で語り合った仲だからだろう、と晴子は思い込んだ。

白河の運転する車で走りだすと、初めて見る越後はどこも田んぼが広がっている。ぶどう畑をみて育ってきた晴子は、さすがコシヒカリの産地だと喜んだ。

「今年は空梅雨《からつゆ》で実家は大変みたいです。このまま梅雨が明けそうで農家の皆さんも心配してます」

白河の実家も米農家だ。コシヒカリで有名な六日町《むいかまち》にあるという。

いまの勤務先は直江津《なおえつ》にある石油会社で、北陸新幹線ができたおかげで東京の本社と往《い》き来するのがとても楽になったと喜んでいた。

「新潟《にいがた》は実は昔から、石油が出ることで知られているんですよ」

「ええっ。石油を掘ってるんですか」

いえいえ、と白河は笑った。

「うちのはＬＮＧ……液化天然ガスの基地です。海外から船で運んできたＬＮＧをガスにしてパイプラインに送り出す工場があるんです。中央制御室のオペレーターをしてます」

雑貨メーカーで働く晴子とは、だいぶ世界がちがう。かけ離れた業種だ。

「直江津は遊ぶところといえば水族館くらいしかないですけど、魚が美味《うま》いんです。実家は山のほうだったので、米がうまかったけど、こちらは断然、魚ですね。刺身がうまいおかげで酒量が増えました」

「いいですね。うちは海がないから……」

「でも築地《つきじ》が近いじゃないですか。高速で一時間もあれば着く距離だし」

「はは。近くはないです、近くは」

「直江津にいい店があるんで後で食べに行きましょう。……みえてきましたよ。あの尾根が春日山城です」

山城だとは聞いていたが、思ったほど大きな山ではない。その手前にあるのが林泉寺《りんせんじ》だ。立派な山門をくぐると、菖蒲《しょうぶ》の花が見頃を迎えている。

「きれい……。ここが謙信公が学んだお寺なんですね」

手入れの行き届いた境内《けいだい》は、からりと明るい。斜面は樹齢を重ねた杉の林となっていて地面を瑞々《みずみず》しい苔《こけ》が絨毯《じゅうたん》のように覆《おお》っていた。池には濃いピンクの睡蓮《すいれん》が一輪だけ、ぽつりと咲いている。

「山の雪解け水が、ちょうどこのあたりから湧いてくるそうです。だから苔がきれいなんだとか」

「詳しいんですね」

「はい。何度も訪れているので……」

山門を裏から見上げると「第一義」と記された大きな扁額《へんがく》が掲げられている。謙信直筆《じきひつ》の書を写して、彫り上げたものだという。

「ということは、あれが謙信公の字なんですか」

「そうですよ。勢いがありつつ、どこか優美でしょう」

晴子はちょっと感動を覚えた。四百年前に生きていた人の書を目にすると、その人がちゃんとこの場に実在したことが改めて実感できる。武田信玄の書というものは、そういえば、見た覚えがない。

「僕はあの書が大好きなんです」

心を寄り添わせるように、見上げている。そこに謙信がいるかのように。

「第一義って、どういう意味なんですか?」

「謙信公は義に厚い武将だとよく言われているので、僕も正義のことかとずっと思ってたんですけど、どうやら仏教のほうから来てる言葉みたいですね。仏法第一義の略だと」

「それは、つまり?」

「仏法が一番大事、という意味のようです。謙信公はお坊さんとして修行していたので、この世のことは仏法に照らし合わせて考えよう、みたいな意図だったのではと勝手に思ってます」

白河は扁額を見上げ、その上に浮かぶ白い雲を眺めた。

「……ただ僕はあの書を見る度《たび》に、おまえの一番大事なものは何か、と問われているような気がするんです。おまえにとっての第一義はなんなのかと」

「それは、なんですか」

白河は少し黙って、考え込んだ。すぐには答えが出てこなかった。

「なんでしょうね……。自分にとっての第一義は」

ぼんやりと考え込んでいる横顔が、ひたむきだと晴子は感じた。合戦で太刀《たち》を合わせた時の真剣さとはまた別の、真摯《しんし》さを感じた。

「――剣道、またやったらいいのに」

晴子の言葉に白河は驚いた顔をした。

「白河さんには、スポーツ的な何かより〝道〟がつくものが似合いそう。剣道とか、書道とか、合気道とか」

「そうでしょうか」

はい、と答える。別に下心からではなく。

剣道が互いの接点になったらいいな、とは思うが。

「道がつくものって、どこかストイックでしょ。謙信公も、国主という道を歩いた人じゃないかなと思うんです。国主という現実まみれの道を、剣の道や仏の道と同じように捉《とら》えることで、折り合いをつけたのではないかと」

「道……か。確かに謙信公はどこか求道《ぐどう》的だから。だからなのかな。白いイメージがあります」

「白ですか。あの頭巾《ずきん》の色？」

「それもありますね。戦国時代って、打算的というか利己的というか、我の強い人がいっぱいいた気がします。俗っぽいものにまみれて、潔癖《けっぺき》な謙信公は時々心底、嫌になっただろうけど、生き方だけは最後までぶれなかった。だから憧《あこが》れるのかもなあ。謙信公のような生き方に」

ただ単に同じ越後人だから好き、ではない。地元の英雄への愛着は、勿論《もちろん》あるだろうが、それ以上に、その人間性に憧れているのだろう。

晴子は白河にシンパシィを感じる。

本堂で参拝したふたりは、そこに立つ甲冑《かっちゅう》を着た仏像に気がついた。

「あ……。毘沙門天《びしゃもんてん》」

謙信が信奉した神仏だ。四天王《してんのう》のひとりで北方を守護する。戦う神仏だけあって、いかつい体をしている。右手に掲げ持った多宝塔《たほうとう》、左手に握った槍。踏みつけられている餓鬼《がき》の苦悶の表情は、どこかユーモラスだ。

「謙信公が自分は毘沙門天の化身《けしん》だって家臣の前で言い放ったって本に書いてありました。さすが上杉のお寺、ちゃんと毘沙門天がいるんですね」

「毘沙門天は上杉の専売特許みたいに思われがちですけど、実は、武田信玄公の軍配にも、毘沙門天の梵字《ぼんじ》が書かれているんですよ」

「えっ。そうなんですか」

「川中島《かわなかじま》合戦の逸話《いつわ》で、信玄公と謙信公の一騎打ちがあるじゃないですか。謙信公が馬上から斬りかかったのを信玄公が軍配で受け止めたという。あの軍配には毘沙門天の梵字が書かれているんです」

「あ。なんと」

「つまり、謙信公は毘沙門天に斬りかかってしまっていたわけです。だから、とどめをさせずに走り去ったんじゃないかと」

　当時、毘沙門天は軍神としてあまたの戦国武将たちに崇拝されていたから、そんなことも起こりえたわけだ。

「でも謙信公の毘沙門天は、やはり思い入れが特別だったと思いますよ。だから、ほら」

　と白河はスマホケースを取り出した。そこには「毘」の字が入っている。

「僕もこうして持っているわけです」

「いいですね」

　その後、ふたりは資料館も見学した。謙信直筆の花押《かおう》がある書状や愛用の馬上杯などが陳列《ちんれつ》されている。晴子が本物の「毘」の旗に見入っていると、横から白河が何かを差し出してきた。

見ると、御守りだ。「毘」の一文字が入っている。

「おみやげにどうぞ」

「え、いいんですか」

「はい。これも、敵に塩を送る……です」

白河は白い歯を見せて笑った。


春日山城は山城だ。

小高い山にいくつも曲輪《くるわ》が作られて、それぞれ家臣や親族の屋敷が建っていたという。

駐車場から長い階段を上がり、謙信公を祀《まつ》る春日山神社で参拝すると、晴子は感慨《かんがい》ひとしおになった。

「信玄公も武田神社でお祀りされてますよ。ふたりとも神様なんですね」

「戦国武将を祀る神社は、明治以降に建てられたものも多いんですよね。ここもそうかな。

上杉は謙信公の養子の、二代目景勝《かげかつ》公の時代に、豊臣秀吉《とよとみひでよし》の手で転封《てんぽう》させられて、会津《あいづ》に
……その後、米沢《よねざわ》に引っ越しましたから」

「上杉はいいですよ、ちゃんと代々続いたから。武田なんて、滅亡しちゃいましたから」

晴子がしょぼくれると、白河も同情気味に笑った。

「このお城は、上杉のお殿様が引っ越した後どうなったんですか」

「廃城になりました。今は、こんなふうにきれいに整備されて城があったとわかるが、何百年もの間、きっと草ボウボウだったでしょうね」

栄枯盛衰《えいこせいすい》に思いを馳せながら、大手道を上がっていく。梅雨の晴れ間で気温も高く、歩いていると汗が噴き出してくる。上着を抱えて、杉林に囲まれた急坂を三の丸、二の丸と息を切らしながら上がっていくと、二十分ほどで本丸にあたる頂上に到達した。

頸城《くびき》平野が一望のもとだ。

「日本海！」

晴子が高い声をあげた。

とうとう見えた。直江津の街の向こうを、海岸線がゆるく弧を描きながら北にのびていて、正面には米山《よねやま》がそびえる。海際に並ぶコンビナートが白河の勤める会社だという。

青い山並みがぐるりと平野をとり囲み、南は妙高高原の山々だ。

すがすがしい眺めだった。

「そうかあ……。謙信公はずっとこの眺めを見ていたんですね」

武田の躑躅《つつじ》ヶ崎館《がさきやかた》は、いかにも平城《ひらじろ》で、甲府盆地のど真ん中にある。山に囲まれて攻め込まれにくい土地柄でもあるが、この眺望は、ない。

いい風が吹いている。

四百年以上前にここに立ってこの風景を眺めていた謙信と、自分自身がオーバーラップしていくようだ。この眺めこそが謙信その人とでもいうように。

「そうか……。信玄公は、この人と戦ったんですね」

不思議だ。謙信を知るほど、今までよく知っていたはずの信玄のイメージまで塗り換わっていく。こういう人と戦った信玄公はやはりすごいな、と素直に思えた。冬は雪が多く、海からの冷たい風が吹きすさぶ上越は、甲州とは全然ちがう。色も匂いも全然ちがう世界で生きていたふたりが、戦というかたちで結びつき、相まみえたのだ。

甲州人の自分がここに立つことには、特別な意味がありそうな気がした。

すると、察したのか、白河が――。

「ようこそ。武田の姫。越後はいかがですか」

「えっ。あ、はい。すごくいい眺めです」

「二代目・景勝公の奥さんは、武田の姫だったんです」

「えっ。そうなんですか」

「御館《おたて》の乱という跡目争いが起きたときに、武田と結んだんです。同盟の証《あかし》として武田勝《かつ》頼《より》の妹が嫁入りしました。甲州夫人と呼ばれていたんですが、きっとその方も今の大場さんと同じ気持ちでここに立ったかもしれませんね」

甲州夫人、という言葉に、晴子は意味もなく、ときめいた。

あ……あ……、そういう未来も、もしかしたら、あるかもしれない……などと一瞬、妄想を繰り広げてしまった。

「ちなみに、上杉がのちに引っ越した山形県米沢市の近くには、高畠《たかはた》というところがあって、有名なワイナリーがあるんです。そこの人から聞いた話ですが、米沢にぶどうをもたらしたのは、甲州夫人だっていうんです」

「えっ。まさか！」

「景勝公と一緒に米沢に入った時に、甲州ぶどうを伝えたとか」

「えっ。それでワイナリーもできたんですか？」

「はは。さすがに国産ワインは明治時代以降ですけどね。ただ、ぶどうは、江戸時代に薬代わりに食していたともいうので全くない話ではないかも。まあ、こじつけだとは思いますけど」

不思議なところで甲州ワインと上杉が繋がっていたことに、晴子は軽く感動すら覚えた。

「歴史って、つながってるんですね……」

「はい。つながるんです」

合戦の時、「毘」の旗を翻《ひるがえ》して立ちはだかっていた上杉軍の向こうには、この城が……この眺めがあったのだ。彼らはみんな、ここから来たのだ。

こんな遠くにいる者同士が、刀を交えたのだ。

「不思議ですね……」

「はい。不思議です」

白河は風に吹かれている。

越後に吹く風は、想像していたよりもずっと、澄んでいて、心地いい。

＊

お腹空《なかす》きましたね。

行きつけの店があるんです。そこで魚でも食べませんか。

白河にそう言われ、直江津の街に向かった。

夏至《げし》から数日しか経《た》っておらず、このあたりは甲府よりも日が落ちるのが遅いようで、五時を過ぎてもまだ明るい。

昔ながらの雁木造《がんぎづくり》が目を惹《ひ》く、直江津の飲み屋街。その一軒ののれんをくぐる。間口の狭い小料理屋は、カウンターと小さなお座敷席だけの家庭的な風情《ふぜい》だった。

カウンターに肩を並べて、まずはビールで乾杯した。よく歩いて渇《かわ》いた喉には、ホップの苦みが沁《し》みた。

白河自慢の魚料理の数々は、どれも新鮮で、晴子の地元で食べるものとは全くちがう。日本海の街だということを実感した。上杉はこんなにうまい魚をいつも食べていたのか。

海のない甲州では、特に昔はこうはいかない。こんなにいいタンパク源が食べ放題だったのだ。上杉軍団が強かったわけだ、と晴子は実感した。

「二杯目は何にしますか。日本酒はダメなんですよね。あいにくワインはないので、ハイボールか焼酎にしますすか」

「白河さんは」

「僕はもちろん……。あ、大将、いつもの」

はい、と言って年配の店主がカウンターから差し出したのは、四合瓶だ。枡《ます》の中に置いたグラスになみなみと溢《あふ》れるまで注いで、目の前に瓶を置く。ラベルを見て、晴子は目を丸くした。

「……〝越乃景虎《こしのかげとら》〟？」

白河は頷《うなず》いた。

「はい。景虎です」

「えっ。この景虎って……謙信公のことですか！」

「はい。長尾《ながお》景虎。謙信を名乗る前……元服《げんぷく》して最初に名乗った名前です」

ラベルには堂々とした篆刻印《てんこくいん》のような字体で、大きく「景虎」と書かれ、その右肩に小さく「越乃景虎　純米大吟醸《じゅんまいだいぎんじょう》」と添えてある。

「謙信公のお酒……」

「この酒を造ってる諸橋《もろはし》酒造さんは栃尾《とちお》の蔵元なんです。栃尾城というお城があって、景虎を名乗っていた若い謙信公が旗揚げをしたお城です」

「お兄さんを国主から引きずり下ろすために叛乱を起こした時のですか」

「そう。謙信公が十代の頃過ごしたお城ですよ」

そのお膝元《ひざもと》の蔵元ということで「景虎」という名を酒につけたというわけだ。

「とても良い水が湧く土地なのだそうで、辛口《からくち》が自慢なんですけど、水のおかげか、まろやかで飲みやすいんです。春日山城に上がった時は、必ず奮発して、この大吟醸を飲むことにしています」

「へえ……」

晴子は思わず顔を近づけた。あの、むわっとくる独特の酒臭《さけしゅう》がない。むしろ、果実を思わせるどこか甘い香りがした。

澄んだ冷酒をじっと見つめている晴子に気づいて、白河が言った。

「味見してみます……?」

「えっ。でも私、日本酒苦手で」

「舐《な》めるだけでもいいんですよ」

舐める……と言われて「それなら」と思った。グラスから酒がなみなみ溢れた枡ごと手にとって、グラスに口を近づけてみた。こんなに近くで嗅《か》いでも、まったく、むわっとこない。

すごく香りのいいワインのように思えて、試しに舐めてみた。

「あっ」

晴子は目を丸くした。

「おいしい」

「おいしいですか」

「はい。すごくフルーティで、すっきりしてる」

思い切って、一口飲んでみた。再び晴子は目と口を丸くした。

「なんですか、これ。おいしい」

「謙信公のお酒ですから」

「これなら飲めます。変な癖《くせ》がなくて、辛口の白ワインみたい。でも、喉ごしがするっとして、でもこのへんに残る香りがふくよかで……。わ、おいしい」

白河を見ると「どうぞ」というように二口目をうながす。晴子はさらに飲んでみた。一口、二口……。花の咲き始めた春先の、雪解け水を飲んでいるようだ。なんて、きれいな香りだろう。

「越後の春の匂《にお》いがします……」

「ははは。いい表現だ。深い雪に閉ざされる越後にとって、春は一番明るい季節です。生命が動きだす」

実際、越後の湧き水は雪解け水だ。春、温かな陽差しの中で解けた雪は、地中で幾重《いくえ》にも漉《こ》されて漉されて、清らかな水になっていく。それが再び地上に湧いてきた水は春の喜びを宿しているのだろう。

「謙信公にとっても青春時代。人生の一番激しい春を過ごした栃尾の酒ですから」

白河はもう一杯、自分の分も頼んだ。ふたつの枡がカウンターに並んだ。

「では、あらためて乾杯しましょうか。謙信公のお酒で」

「はい。景虎で乾杯」

枡と枡を軽く合わせた。

あの、どうしてだったんですか?

〝景虎〟がもたらす心地よい酔いに任せて、晴子は問いかけてみた。

「……あの時、なんで私に斬りかかってきたんですか?」

他にも雑兵《ぞうひょう》はたくさんいたし、相手になりそうな者はいくらでもいたはずなのに。

「目に飛び込んできたから、ですかね」

「目に、ですか」

「とても美しい青年足軽がいるように見えました。生きるか死ぬかが懸《か》かった合戦で、斬り結ぶなら、やっぱりこいつと戦って死ぬなら本望、みたいな人と戦いたいじゃないですか」

「そ、そう見えました？　私」

「名もなき雑兵の気持ちがわかりました。まあ、実際に生き死にが懸かったらできるだけ弱そうなのが相手になるほうがいいですけど、あの時はね、斬られても悔いがない相手と戦いたいって思いましたよ」

「変わってますよね。白河さんて」

「よく言われます」

「でもわかる。私もどうせ斬り殺されるなら、イケメンに斬り殺されたいもん」

「はは。すみませんでしたね。イケメンでなくて」

「ああっそういう意味じゃなくて」

酒を飲みながら、白河はふと真顔になり、こう呟《つぶや》いた。

「……この間、大場さんと飲んだ後、大場さんの言葉がずっと頭に残っていて」

え？　と晴子は背筋を正した。

神妙な空気に、意味もなく、胸が高鳴り始めた。

「五センチのハードルが越せないという話。あれは、自分のことを言われてるようでした。自分自身、勇気が出せない限り、たとえハードルの高さが一センチになっても、ハードルそのものがなくなってしまっても、越せないのではないかと」

晴子の鼓動はますます高まっていく。緊張して固まった。これは……これは……もしかして、くるのか？　きてしまうのか、告白。ついにきてしまうのか？

「勇気を出します」

「はいっ」

「心を決めました。……シベリアに行きます」

晴子はつんのめった。

「はい？」

「シベリアで進んでいる天然ガスのパイプライン。来年いよいよ操業が決まって、そこでの主任オペレーターにつくことにしました」

晴子は拍子抜けして、咄嗟《とっさ》に返す言葉が見つからなかった。

「大きな仕事をすると言いながら、環境の変化を恐れてなかなか踏ん切りがつかなかった。海外赴任を嫌がる彼女を説得するのも大変だと思っていたので」

「え？　彼女？　彼女いたんですか」

「はい。もう十年以上つきあっているんですが、なかなか結婚に踏み切れず」

晴子はあと少しで魂が抜けていくところだった。い、いたんだ。彼女。独身だとは言っていたが、そんな気配まったく匂わせていなかったからわからなかった。そりゃ、いるよね。いるわな、うん。いないわけがないよね。だよね。

「でも、大場さんと話をしていて、やっと心を決めることができました。問題はハードルの高さじゃない。ハードルにとらわれていた自分でした。大場さんには感謝しているんです。そのことをどうしても伝えたいと思っていて」

「そ、そうなんですね。はは、お役に立ててよかったあ」

心の中では半泣きだったが、表には出さないように明るく笑いとばした。

「がんばってください」

「はい。大場さんも。僕たちは川中島の合戦で戦ったライバルですよ。この先もずっと」

「はい。ライバル同士、がんばりましょう。紹介したい越後のうまい地酒、いっぱいあるんです」

「よし。今日は飲みましょう。ね！」

「飲みましょう！　えーい。飲んでやるー」

泣き笑いの晴子は、やぶれかぶれで〝景虎〟を飲み干した。

＊

こうして〝越乃景虎〟は、失恋の甘い痛みとともに忘れられない酒となった。

淡い想いは雪解け水のように解けて、消えていったが、よかったこともある。

越後で〝景虎〟が飲めるようになったおかげで、他の日本酒もいけるようになったのだ。戦々兢々《きょうきょう》だった日本酒好きの取引先との会席も、全く問題なくやり遂《と》げたし、それどころか、晴子の飲みっぷりが取引先の社長に気に入られ、想定以上の大口契約をとれてしまったのだ。

戦国キャラによるファンシーグッズ展開も、大当たりして大成功を収め、晴子はまたしても表彰されてしまった。

「すごいっすよね。大場課長。あっというまに部長代理とは」

出世祝いの酒を酌《く》み交わしながら、部下の野田《のだ》が感嘆《かんたん》気味に言った。

晴子はお猪口《ちょこ》をつまむ手も、すっかりサマになっていた。そして目の前にある瓶は〝景虎　名水仕込み〟なのである。

「おかげで、また結婚が遠ざかったよ……」

「なにをいまさら。相手もいないくせに」

「悪かったね。私は謙信公のように生きるの。決めたんだ」

「信玄公びいきの大場さんから出る台詞《せりふ》とも思えませんね」

「うん。いいの。信玄公みたいなリア充とは、縁遠いことがわかったから。私はファンシーキャラ道に生きるの」

「すごい道ですね」

「道は道。これが私の第一義」

喉ごしのよい冷酒を堪能《たんのう》しながら、晴子は塩をなめる。これが謙信の飲み方だと教わって以来、塩をなめながら日本酒を飲むのがくせになった。

「ワインだとこうはいかないもんね」

「あーあ。すっかり謙信公にはまっちゃって」

体に悪いからちゃんと食べてくださいよ、と野田が説教するのも、いつものことだ。

ぼんやりとカレンダーを見て、また川中島の合戦が近いことを知った。

「また、イイ男と一騎打ちできるかなー……」

「もう。これで何年目ですか」

野田はあきれている。それでも飽きずに付き合ってくれる良い部下なのだ。

「別にいいんだよ？　無理して参加しなくても」

「いいえ、とことんつきあいますよ。俺は大場さんについていくって決めてるんですから」

晴子は目を丸くした。野田はこそばゆそうに、

「殿に一生ついていくのが、家臣のつとめでしょ」

「……。いい家臣を持ったな」

晴子は嬉しくなって、野田の空いた猪口に〝景虎〟を注いだ。

「では、あらためて主従の契りを交わすといたそうか。野田殿」

「まったく……。今日は飲みすぎないでくださいね。お屋形様」

甲府の夜は〝景虎〟の香りとともに更《ふ》けていく。

越後の雪解け水は、こうして甲州人の心も潤《うるお》していったのだ。

無我夢中

丸木文華

友人というものはふしぎだ。馬が合えば続くというわけでもなく、それほど仲がよくもないのに奇妙に縁があったりする。

石橋直子《いしばしなおこ》が高校の同級生の関谷宏美《せきやひろみ》と社会人になってから再会し、月に数回飲むようになって一年が経《た》つ。二人は高校時代さほど親しく付き合っていたのではなかった。二年生のときのクラスメイトでも、属していたグループは別だ。直子は真面目《まじめ》な文化系、宏美は賑《にぎ》やかな運動部を中心とした輪に入っていて、言葉を交わした記憶はほとんどない。

去年の十月、池袋《いけぶくろ》の街中でばったりと偶然に出会ったことがきっかけだった。最初に気づいたのは直子だ。

交差点で信号待ちの最中、隣にいる誰かのバッグが二の腕に当たり、徹夜明けで機嫌の悪かった直子は眉をひそめてそちらを見た。

引き締まった肉感的な体つきの、自分と同年代くらいの女。上下チャコールグレイのスーツを着て、グッチのバッグを持ち、ルブタンの靴を履《は》いている。

黒いボブの髪にはっきりとした目鼻立ちの、いかにも仕事ができそうな、少しきつく見える印象の横顔。直子はふと、その顔立ちに懐《なつ》かしいものを覚え、ハッとある同級生の名前が頭に浮かんだ。

「あれ、あのう。もしかして、関谷さん」

ボブの女は直子を振り向いて、大きな目を数度瞬《まばた》きさせた。

「あ。やだ、えっと……石橋さん？」

そんなお決まりの再会の反応をして、二人で「嘘ぉ」と笑い合った。正直、直子は宏美がおとなしかった自分の名前などを覚えていたのが意外で、それが嬉しくもあり、昔の知り合いにこんな出会い方をしたのも初めてで、すっかり興奮していた。互いに用事があり、その場で長く話せなかったため、連絡先を交換して、今度飲みに行こうという話になって別れたのだ。

こんな風にある意味運命的な再会をしても、そこから必ず関係が長く続いていくというわけではない。元々高校の頃の仲よしグループが別だったのだから、性格も好みも違うはずだ。

それでも直子が定期的に宏美と会うのを楽しみにするようになったのは、純粋に、彼女の話が刺激的でとても興味深いものだったからだった。

「ね、それで、この前の話の続き。どうなったの」

飲み会はいつでもこの直子の催促から始まる。正確に言えば、宏美が酔っ払ってきた頃合いでそう訊《たず》ねるのだ。

宏美は甘い日本酒が好きだった。いつも行く恵比寿《えびす》の居酒屋に置いてある純米吟醸《じゅんまいぎんじょう》を気に入っていて、彼女はいつもそれを頼む。直子は宏美ほど飲めないので、同じものを注文してちびりちびりとやりながら、目の前の友人の頬がほんのり赤らむのを待っている。

「どこまで話したんだっけ。嘘を重ねて誤魔化《ごまか》してたけど、結局二股《ふたまた》がバレちゃったところ?」

「それで、その相手のうちの一人はさらに三股かけてたっていう辺りまでよ」

「あはは、そこまで話してた? 本当にひどいよねえ、バカみたい」

宏美は赤い大きな口を開けて笑っている。宏美は顔のパーツがすべて大きく、それが小作りの顔の中に目一杯詰め込まれているという感じで、華やかな印象がある。もっと肌を焼けば東南アジアの出身と言っても通りそうな系統の顔立ちだ。

対して直子は純和風のおとなしい外貌《がいぼう》である。宏美と再会したときによくも思い出してくれたものだと我ながら思うほど、印象に残らない顔だという自覚がある。

宏美は外見と同じく言動も派手で、高校時代から遊んでいるイメージだった。それは三十半ばになり、弁護士事務所の事務員になった今でも変わらず、酔っ払ってまるで現実味のない話をぶちまけたり、そんな大声で、と人目をはばかるような内容の暴露話をしたりする。

そういう話をしているときの宏美の大きな目は、異様に潤《うる》んでキラキラと輝き、執拗《しつよう》な熱を孕《はら》んで、息を呑むほどの引力を感じさせるのだ。まるで、徐々に彼女自身が自分の喋《しゃべ》っている話の内容に没頭《ぼうじゅん》していくような、取り憑《つ》かれていくような、そんな濃密な空気が、日本酒の華やかで芳醇《ほうじゅん》な香りと共に、二人の女の間に立ち込めていた。

「直子、今何書いてるの。その本のネタにしてもいいよ」

「ダメダメ、宏美の話なんてぶっ飛びすぎてて絶対編集にボツにされるもん」

「そうなの？　面白いと思うんだけど」

「そりゃ、面白いわよ。でもあんまり突拍子《とっぴょうし》もないものはダメなの。説得力ないって言われちゃう」

　直子は小説家としてデビューしてもう五年になる。大学卒業後就職した企業で人間関係でこじれ、鬱《うつ》になる寸前まで追い詰められて、家族の勧《すす》めもあり、勤めて一年で辞《や》めた。その後ほぼ引きこもりのような生活を送りながら書いた小説が、幸運にも出版社が公募していた大賞の候補となり、惜しくも佳作入選だったものの、担当がついてすぐに次の大賞を取ってデビューにこぎつけたのだ。

　今ではその柔らかな文章の中にも密《ひそ》かな毒の潜《ひそ》むユニークな作風で、そこそこの固定ファンがついている。文筆業だけで食べていかれるだけの仕事量はあるけれど、今一歩のところを抜け出せない煩悶《はんもん》がある。だから今はインプットに躍起《やっき》になっていた。何か自分を刺激するものはないか。新たなアイディアを呼び起こす材料はないか。

　そうするうちに、宏美に出会った。バカバカしいほど、突拍子もない話をしてくれる女。自分では思いつかない、書けもしないけれど、聞いていると無闇に心を掻き乱されて、自分でも途方もないことができるような気がしてくる、ふしぎな勇気を貰《もら》えるのだ。

それは、宏美の話の中に、多分に道ならぬ恋愛要素があるからかもしれない。直子自身はさほど物語的な恋愛をした過去はないものの、元の会社を辞めたきっかけは、上司との不倫だった。それが社内に広まり、直子は女子の同僚から総スカンを食った。これまで経験したこともないような空気の中、直子は少しずつ精神を削られていった。宏美の話を聞いていると、何となく自分のその過去も思い出す。胸の奥に閉じ込めた様々な何かを引きずり出されるような心地がする。

（そういえば、私は自分の体験をモチーフにしようと思ったことはないかもしれない）

物語を書いている以上、どこかしら自分が経験してきたものは入り混じってしまうだろうが、あえてそれを正面から書いてみようとしたことはない。もしもそれをやってしまったとき、自分が心を病《や》んだあの頃にまた戻ってしまうのではないかという朧《おぼろ》げな恐怖があった。単純に、つぶさに思い出したくもない記憶だ。

そんな怯《おび》えを、宏美の荒唐無稽《こうとうむけい》な話は吹き飛ばしてくれる。三股、四股、愚かな脅迫にすぐバレる大嘘、爽快《そうかい》なほど常識のない人でなし。呆気《あっけ》ないほど簡単に騙《だま》される女に懲《こ》りもせず同じ大失敗を繰り返す男。

原色の色彩でベタベタ塗りたくったような登場人物ばかりが現れて、宏美の演説を大いに盛り上げる。日本酒の甘い華やかな香りがそれに寄り添い、宏美の声は熱を増す。

実際目にした経験はないけれど、もしも近代に隆盛《りゅうせい》を極めた見世物小屋が現代にも残っていたら、きっと彼女の話のように大げさで、けばけばしくて、馬鹿げていて、けれど目を逸らせないような強烈な魅力に満ちたものだったに違いない。そんなことを思わせるほど、宏美の話は現実離れしていた。

「ねえ、そういえば、この前実花《みか》に会ったの。宏美、覚えてる?」

「え、実花って、軽音の?」

そうそう、と笑って頷《うなず》く。

笹沼《ささぬま》実花は直子と宏美のクラスメイトで、当時校内では最も人気のバンドのボーカルを担当していた友人だ。実花は社交的な性格で誰とでも仲がよく、直子とも宏美とも親交があった。

「なあに、またあたしのときみたいにバッタリ会ったの?」

「違う違う、実花とは時々連絡とってたのよ。時々って言っても、半年に一回とか、思い出したときに近況伝え合うくらいなんだけど」

「そんなもんだよね。あたしも仲がよかった子たちは皆結婚して子どもとかいるからさ。環境が違ってくると、もう話題も違うじゃない。子どもが小さいうちなんかは、お母さんって本当に子どものことしか考えられないし、他に興味も持てなくなるでしょ。遊べないし。自然と疎遠《そえん》になっちゃうのよね」

「わかる。ただ実花は結婚してるけど、子どもはいないの。普通に仕事もしてる。会おうと思えば会えるんだけど、何となくタイミングが合わなくてさ。で、この前ようやく会えて、宏美のこと話したのよ。そしたら、『私も会いたい』って言ってたから」

「いいよ、会おうよ。あたしも会いたいよ」

宏美は酔った顔で嬉しそうに頷いた。

そういえば、あまり宏美とは高校の同級生たちの話をしたことがない。直子も未《いま》だに連絡をとっているのはほんの数人だが、もしかすると宏美は自分よりもずっと交友関係は狭いのかもしれない。

じゃあ早速伝えるね、と実花にLINEでメッセージを送る。するとすぐに既読がつき、電話がかかってきた。

「はいはい?」

『直子たち、どこで飲んでるの』

「今、恵比寿だけど」

『ほんと！　私目黒《めぐろ》なのよ。今仕事上がったところなの』

宏美にもそう伝えると、ぜひ今から一緒に飲もうという話になり、思いがけず、すぐに合流することになった。

実花は電話を終えてからほんの二十分程度でやってくる。体のラインの出ないふんわりとした生成《きな》り色のチュニックとデニムのパンツに、青いバレエシューズ。肩までの髪を後ろでひとつにまとめて、丸い額《ひたい》にはほんのり汗が浮いている。

焦《あせ》ったようにコートを脱ぎながら歩み寄る、高校の頃とほとんど雰囲気の変わらない実花の姿を見て、宏美は声を上げて立ち上がった。

「久しぶり！」

「ほんと久しぶり。わあ、宏美、全然変わってないねえ」

「実花こそ。相変わらずちっちゃいなあ」

失礼ね、と笑いながら、実花は直子の隣に腰を下ろす。

丸顔で童顔の実花は本当に高校の頃と変わっていないように見える。幼い顔立ちで小さな体から放たれる重量感のある声は迫力があり、文化祭などでは体育館から人があふれ出すほどの盛況だった。直子や宏美たちクラスメイトもサイリウムを振ってライブを盛り上げたものだ。

そんなことを懐《なつ》かしく思い出しながら、直子は宏美と実花を見比べる。タイプのまったく違う自分たち三人は、周りからどう見られているだろう、などとふと考える。

「じゃ、二人って高校卒業以来なわけ」

「そうよ。ほぼ二十年ぶりじゃないの」

「待って待って、まだ二十年だなんて言わないでよ。いきなり歳取っちゃう」

「三十五も三十八も変わんないわよ。そんなことこだわってたらもっと歳取るわよ」

まるでこれまでも頻繁《ひんぱん》に会っていたかのような軽快なやり取りに、その場の空気はすぐに昔のあの頃に戻っていく。高校時代とは職業も家庭環境も何もかも違っているというのに、こうして女三人で顔を突き合わせていると、そんなもののすべてが小さなことのように思えるのがふしぎだった。

実花は最初にビールを頼み、三人で改めて乾杯する。久しぶりに会う実花は仕事終わりの一杯を美味《うま》そうに飲み、楽しげに笑っている。その目尻に微《かす》かに浮かぶ小じわを横から認め、そっと目を逸《そ》らす。お互い「変わっていない」と言い合うのは嘘ではないけれど、それは願望でもあるのだ。

「今仕事何してるの、実花」

「普通に働いてるよ。保険会社。途中で転職したから、まだ三年くらいだけどね」

「へえー、保険会社かあ。実花は音楽業界行くのかなって漠然《ばくぜん》と思ってた」

宏美の子どものように無邪気な言葉に、実花は肩をすくめる。

「無理よ、音楽で食べていくなんて。才能のある一握りの人しか成功できないしね。私は保険会社勤務だから毎日首吊りだ飛び込みだっていう死因を眺めながら暮らしてるけど、それももう慣れちゃった。仕事って日常じゃない。一日のほぼ半分を会社で過ごしてる。好きなことを仕事にできても、きっとそれにも慣れていくんでしょうね」

「わかる。あたしは弁護士事務所の事務やってるんだけど、どんなにひどい依頼が来たって、ああまたか、って何も感じてない自分がいるもの。浮気だ詐欺《さぎ》だ暴力だ借金だってさ、本当にどうしようもない人間って世の中にこんなにいるんだって思うけど、それもほんの一部だし、あたしたちの前を通り過ぎていくだけ。なんかふしぎだよね」

つまみがなくなっていることに気づいて、直子は適当に追加で頼んだ。実花はお腹《なか》がペコペコだと言って漬物や焼き鳥、卵焼きなどを注文する。

「直子はどうなの、いちばん好きなこと仕事にできてるんじゃない」

「そうだね。二人とも仕事で刺激的なことに慣れ過ぎてるみたいだけど、私はそういうのを求めてるの。創作意欲を高めてくれるような何かをいつも探してる。だから宏美とも定期的に会ってるのよ」

「宏美と？　どういうこと」

すぐに届いたキュウリの漬物を齧《かじ》りながら、実花はリスのような目をキョトンとさせる。

宏美はニヤニヤと笑ってグラスを傾けた。

「そんなこと言ってるけど、あたしの話、小説に使ってもいいってずっと言ってるのに、直子全然使ってくれないじゃない」

「そのまま使えるわけないじゃないの。ただ刺激を貰えるのよ。それで思いついたりする話もあるの。だから感謝してるよ」

「ええ、何それ。宏美ったらどんな話してるの」

実花は俄然《がぜん》興味を示して身を乗り出してくる。

「すごいのよ、今なんて二股だか三股だかで、絵に描いたような修羅場《しゅらば》」

「ああ、違うの、もうそれ違う」

解説しようとする直子を宏美が遮《さえぎ》った。

「実はその話、ちょっと前のやつなのよ。今はね、二股とかしてない。一人の人と付き合ってるよ」

「でも、普通の相手じゃないんでしょう」

宏美は肩をすくめて「当たり」といたずらっぽく笑う。

「彼、奥さんがいるの。子どもはいないけどね」

「やだ、不倫してるの」

既婚者の実花の声には隠しきれない批難の色と、淡い好奇心が複雑に滲《にじ》んでいる。その声色に却《かえ》って煽《あお》られたように、宏美は胸を喘《あえ》がせる。

「ああ、そう、いけないことだよね。でも、今まで付き合った人の中でいちばんしっくりくるの。パズルのピースがはまったなんて言い方よくするけど、本当そんな感じよ。あたしの欠けた部分を今まで色んな人が満たしてくれてたけど、彼がいちばん心地いい。ずっとそこに浸《ひた》されていたいような気持ちになるの」

「宏美は贅沢《ぜいたく》な酒米《さかまい》ね」

最近店主から聞いた酒米の知識を直子は思わず口にする。

「酒米って、心白《しんぱく》っていう空洞があるのよ。いいお酒を作るにはこの空洞が大事なの。麹《こうじ》菌《きん》が入りやすいのね。タンパク質とか脂肪もほとんどなくて、普通にご飯として食べたら美味《おい》しくないけど、そういう成分はお酒作りには余計な要素だから」

「じゃあ、欠けてる方がいいってことね。まさにあたしは酒米だわ。それで日本酒が好きなのかなあ」

宏美が酒を飲みながらおかしそうに笑っているのを、実花は話の先を促すようにじっと見つめている。

「ねえ、それでどんな風に付き合ってるの。そんなに相性が合うって、最初からわかってたわけじゃないでしょう」

「それが、出会ったときからビビっときたのよ。よく言う電流が走るみたいなアレよ。あたしもそんなの初めてだったから驚いた。初めて会ったと思えないくらいの懐かしさまで感じたの」

「その人とはどこで会ったの？」

「新宿のバーよ。行きつけのところだったんだけど、彼はその日初めて見た。一人でカウンターで飲んでてさ。まず、顔が好みだった。照明の加減かもしれない。だってその店で会ったときがいちばん格好よかったもん。会う度《たび》に『そんなに好みの顔じゃなかった』って思ったけど、あたしが彼に夢中なのは顔じゃないのよね」

「それって、宏美が一人で飲んでた彼に声をかけたわけ」

「違うの。ひと目見て気になってたから、機会を伺《うかが》ってたんだけど、そこで知り合いと会っちゃってさ。タイミング逃しちゃって。だから、その人が席を立ったときに、『ごめん、用事思い出した。すぐに帰らなくちゃ』って、店の外で一緒になれるように、一人で出るきっかけを作ったわけ」

「すごい。一期一会《いちごいちえ》のチャンスをものにするにはそれくらいじゃなきゃだめよね」

直子は宏美の行動力に思わず苦笑する。

自分はいつでもその場その場で流されるまま、言われるがままに恋愛関係を持ってきた。これまで自分から積極的に射止めようとしたことはあっただろうか。思い出そうとするけれど記憶にはない。

客観的に見ればひどい男、嘘つきな男だと頭ではわかっているのに、結局向こうに強く出られると関係を切ることはできなかった。そしていつも最後には散々傷ついて、逃げるように関係を終える。そんなことばかりを繰り返して、あの最悪な不倫関係の後には一切男と付き合っていない。

そうする内に、もう三十五だ。恋愛などしたいとも思わない。自分の欲望はすべて創作に吸い取られてしまっているのだろう。その代わりに友人の与太話ばかりを聞いて仕事の糧《かて》にしている。我ながら歪《ゆが》んだ人生だと思うけれど、何かを生み出しているだけ生産性はあるのだと心の中で主張する。

「相手の男、自分が既婚者だって宏美に言ったのはいつなのよ」

　実花は顔を歪めてビールを飲み干す。

「宏美は最初にわからなかったの？　指輪してるはずでしょ」

「実はよく覚えてないの。してたかもしれない。初めは背中に隠れてたし、帰りに絶対声かけようって思ったときには私も酔ってたし。だけど、もしはっきり気づいてたとしても、同じことしてたと思う。さっきも言ったけど、ほとんど一目惚《ひとめぼ》れだったのよ」

「呆《あき》れた。面倒なことになるって思わなかったの」

　実花はもう嫌悪感を隠そうとしなかった。そこまで潔癖な性格ではなかったはずだが、結婚して環境が変われば価値観も変わる。酒の強さはわからないが、早々にアルコールが回ってきたのかもしれない。「私もこの人たちと同じの」と店員に日本酒を頼み、大きな口で卵焼きを貪《むさぼ》っている。

「弁護士事務所で働いてるって言ってたよね。そういう修羅場たくさん見てるんでしょう」

「そりゃそうだけど、恋愛に目がくらんでるときって、自分は大丈夫って思いがちじゃない。今までだって散々訴えられそうな恋愛はしてきたけど平気だったし、特に深刻に考えてなんかいなかった」

　実花は怒りを目に滲ませて直子を振り向く。直子は首をすくめるしかない。

「そういうことなの。宏美の話が面白いっていうのは、この子の話す恋愛話がバカバカしいほど普通じゃないのばっかりだからなのよ」

「週刊誌のゴシップみたいな話で盛り上がってるってことね。いい趣味してるわ」

「怒らないでよ。宏美の話の善悪は気にしてないし、そのことに意見する気もないけど、私にはこういう時間が刺激になるの。仕事のためでもあるのよ。映画を観《み》たり、本を読んだりするのと同じ」

「ああ……そういう目的なの」

　なるほどね、と実花は不満げな顔つきのまま頷いている。

「ふしぎだなと思ってたの。だって、直子と宏美って、正直高校のときそんなに仲がいいわけじゃなかったじゃない。でも、今は頻繁《ひんぱん》に会って飲んでるっていうんだもん」

「まあね。でも案外そんなことも多いかもよ。昔と今じゃ皆色々変わってるだろうし、その頃仲よくたって今も同じように馬が合うとは限らないし」

　そうかもね、と実花は口元だけで笑う。久しぶりに再会して突然際《きわ》どい話をされてショックを受けているのかもしれない。それもそうだろう。よりによって不倫の話だ。それに実花は飲みの途中で入ってきたので、既《すで》に宏美に酔いが回ってしまっているのがよくなかった。宏美は酔い始めるともう喋《しゃべ》るのを止められない。

「まあ、いいや。怒っても仕方ない」

実花は諦《あきら》めたようにため息を落とす。心持ち青ざめていた顔色が、日本酒を口にしてほんのりと赤く染まる。

「私、不倫は最悪だと思ってるけど、宏美の話聞いてどうして世の中に多いのかわかった気がする。要するに恋愛になると皆バカになっちゃうってわけね」

「そうなのよ。ダメなことだってわかってても、そんなの全然障害にならないの。でもね、それは私だけじゃなくて相手もそう。そういう奴を相手にしてる私が言うのもなんだけど、バカっていうか、本当にひどい男なのよ。普段はまともだと思うんだけど、少なくともあたしと知り合ってからひどい奴になった。悪人だよ」

「ひどいって、どんな風に」

「それがさ、奥さんはもうずっと子どもが欲しいって言ってるのに、セックスレスなんだって。どうしても欲しいって体外受精も考えてるらしいんだけど、それにも協力してないの。そんな人工的なのは嫌だって言ってね」

一気に二人は色めき立つ。この歳頃にとってはかなり重い問題だ。

「それはひどいわ。精子提供も嫌で実際にするのも嫌なんて、どうしろって言うのよねえ」

「ほんと。相手、いくつなの。奥さんは？」

「あたしたちと同じくらいみたいよ。もう待ったなしよね、子ども作るなら。それなのに不倫相手のあたしとは普通にセックスしてるわけ。週に二回、火曜日と木曜日の夜に渋谷《しぶや》で会ってるの。会ってホテルに行かない日なんてないわよ。そんな人がセックスレスだなんて、本当信じられない」

実花はグラスを大きく呷《あお》り、次の酒を頼む。かなり速いピッチに、大丈夫だろうかと直子はその赤い頬を横目で見守る。実花はすわった目をしながら、ナスと白レバーのソテーを食べ、疲れたようなため息を落とす。

「随分《ずいぶん》頻繁に会ってるんだね。相手、何してる人なの」

「お固い職業よ。銀行員。日本橋《にほんばし》に勤めてる。こういうことは初めてだって言ってたけど、それもどうだかね。まあ確かに、常習犯にしては夢中になり過ぎだし、あたしとの関係が初めての不倫なのは本当かもしれないけどさ」

「奥さんとは結婚して何年なの」

「もう五年だって言ってたかなあ。そのくらいで夫婦ってセックスレスになっちゃうものなのかな。日本人って世界から比べてもする回数少ないっていうじゃない。でも、子どもがいないならまだ男女の関係なんじゃないかなって思うんだけどね。そうでもないみたい」

宏美の目が潤んで輝きを増す。いつもの熱に浮かされたような表情で、生き生きとした声でとめどなく捲《まく》し立てる。

「奥さんとあたしは全然違うタイプなんだって。だからこそ惹《ひ》かれたって言ってた。でもそれっておかしくない？　だっていちばん好きな人だったから結婚したんでしょ。それなのに、浮気する相手には正反対の相手を選ぶって、どういうことなんだろう。奥さんは友達の紹介で知り合ったんだって。それで、可愛いし、真面目だし、結婚するにはいいかなと思って、年齢的にも丁度いいから結婚したって言ってた。ねえ、結婚ってそんなものなの？　あたしも直子も結婚してないからわからないけど、もっと熱烈に恋愛して一緒になるんだと思ってた」

「さあ……人によるんじゃない。色々あるわよ」

　実花は目を伏せて、どこかふてくされたようにフライドポテトを口へ運んでいる。

「私の友達にもお見合いで出会って、恋愛感情なんか全然ないまま結婚した子がいるよ。もちろん大恋愛して結婚して、って子もいるけど……正直、そういう恋愛で結婚した子たちの方が離婚が多い気がする」

「それはさ、お見合いだと最初から条件で選んでるから、後々起きる問題が少ないってことなんじゃないの」

　直子が口を挟むと、そうかなあ、と実花は首を傾げた。

「わかんない。結婚って結局、勢いだったり、けじめだったり、恋人だった頃と違って家族になるわけだから意識も変わるはずだけど、やっぱりずっと恋愛関係ではいられないよ。まあ、確かにお見合いで結婚すれば冷静なままでいられるからね。恋心で目が曇って相手の重大な欠点を見ないふりするなんてことはないのかもしれない」

「実花《みか》のところはどうなの」

「うちのことは話したくない」

意外なほどはっきりとした声で実花は拒《こば》んだ。

「女って、旦那とか恋人とかのこと、よくあけすけに話すけどさ。愚痴とかこぼすと、何だか惨《みじ》めになるのよね。口にした分、更に嫌な感情が増すっていうか」

わかる、と直子《なおこ》は同意する。

「言葉にすると再確認するのか知らないけど、記憶も新しくなるよね。ますます忘れられなくなる。誰かに話すことで感情の鮮度も保たれちゃうのよ。本当に嫌なことは私も人には言えないな」

「だからいいんじゃないの」

宏美《ひろみ》は大きな目を見開いた。

「あたしは全部話しちゃいたい。あたしが感じたことすべて。そうよ、再確認するの。嫌な記憶もいい記憶も、あたしは皆ひっくるめてとっておきたい。なるべく長い間忘れたくないんだもの。その方が楽しいじゃない」

　強い口調に、一瞬呑まれたように直子と実花は黙り込む。ふいに、直子は強いノスタルジーを感じた。

（そう、こういう感じが仲よくなれなかったんだよ。宏美は怖いと思ってた。一緒にいたらきっと傷つく、って）

　宏美は空気を読まない。というか読む気もないのだろう。自分の言いたいことを言いたいときに言う。それがひどくエキセントリックに見えて、直子は敬遠していた。宏美がよく一緒にいたのは、やはり歯に衣着《きぬ》せぬ物言いをする子や、またはそれを適当にいなして怖気《おじけ》づかない器用な子たちだ。

「なんか、ちょっと思い出した。高校のとき」

　実花も同じようなことを考えたらしく、喉《のど》につかえたような声で呟《つぶや》いて、苦笑いする。

「宏美って何でも正直に言っちゃうところあったよね。皆が言いにくくて言えないようなことまで、結構はっきりさ。そういうの苦手だったけど、羨《うらや》ましくもあったかな」

　そうそう、と少し妙になった空気を立て直そうと、直子は軽率に相槌《あいづち》を打つ。

「宏美はちょっと変わってたよね。私はあの頃あんまり一緒にいなかったからそこまでよく知らないけどさ。とにかく目立ってた気がする」

「そう？　でもあの人も、あたしみたいな女あんまりいないって言ってたな。それで面白がってるみたい。奥さんはきっと常識人なのね。あたしは結婚相手には向かないよ。昔彼と出会ってても結婚はしてないと思う。不倫の相手だから丁度よくハマったんじゃないかな。妻にしたい女と、浮気相手に選ぶ女って全然違うんだろうね」

宏美の言い草に、直子の古傷が痛む。そう、自分は浮気相手に選ばれた女だった。けれど、宏美とは違う。あの頃の直子は新人社員で、おとなしくて、何でも言うことを聞いていたから選ばれた。ただの都合のいい女だっただけだ。

直子は小説の中では何でも言いたいことを言えるけれど、現実はそうはいかない。宏美のように喋《しゃべ》りたいことをそのまま口にしていたら、きっと自分なら人間関係が破綻《はたん》してしまう。自分の意見を押し通す強さもなければ、反発されて耐えられる精神力もない。だからたとえ流されているだけだったとしても、そんな困難に立ち向かうくらいならば、初めから言わない方がマシなのだ。

子どもの頃から自己主張は強くせず流されるままの生き方で、自分の日常をどこか遠くから他人事《ひとごと》のように眺めている感覚があった。人がひとつのことを言えばそれについて十は考えてしまう。そうしている間に話は進んでいる。昔から一人で想像し頭の中で物語を作って遊ぶ癖《くせ》があって、誰かと話しているよりも一人でいて空想の世界で色々なことを考えている方が楽しかった。

大人になるにつれてそれは改善されてきたものの、まだその傾向は残っている。直子にとっては自分の人生も、他人の人生も、観察対象でしかないのかもしれない。どこか現実世界に生きている感覚が薄く、会社という組織に馴染《なじ》めずに弾《はじ》き出されてしまったのもそのためだろう。

そう、本当はわかっている。自分が心を病《や》んで会社を辞《や》めざるを得なくなったのは、不倫をしたせいではない。集団の中で生き抜く社会性という能力が乏《とぼ》しかったのだ。

「で、その不倫相手とはどのくらい続いてるわけ」

きのこのオムレツを取り分けながら、酔いが深くなったのか、やや上ずった声で実花が訊《たず》ねる。

「そんなにビビっときちゃったんなら、もう結構長いのかな」

「そうね、まだ半年くらいかな。でもずっと順調にいってたわけじゃないの」

「喧嘩でもしたの？」

もしも喧嘩をしたのだとしても、宏美の話なのでただの喧嘩ではないはずだ。それか、もっと危うい出来事があったのだろう。彼女の話の激しさを知っているので、何となく予想はつく。

「喧嘩じゃないよ。うーん、したかもしれないけどあたしはそう思ってないだけかも。単純に、あたしが妊娠しちゃったのよね」

思わず、「は？」という声が直子と実花で揃《そろ》った。二人で顔を見合わせ、再び宏美を凝《ぎょう》視《し》する。そして、その手元にある日本酒のグラスを見比べる。

「え、嘘。本当なの」

「嘘じゃないよ。何でこんなことで嘘つくの」

「じゃあ、何でお酒なんか飲んでるのよ。ダメじゃない！」

「だから、もう終わったの。もうお腹《なか》にはいないのよ」

それはつまり、堕《お》ろしたということなのだろうか。それ以外にはない。直子はひどくショックを受けた。

これまで定期的に宏美と会って飲んでいたし、毎回ひどい暴露話を聞いていたので、まさかその裏でそんなことが進行していたとは知らなかった。

（ああ、いや、違う違う。何真剣に考えてるの……宏美の話なのに）

妊娠と堕胎《だたい》というこれまでに輪をかけてリアルで衝撃的な内容に、思わず直子も一瞬友人を思って悩んでしまった。彼女にはそんな心配は無用だというのに。

「それ、相手の男には言ったの」

実花は酔いも吹っ飛んだ顔をして、乾いた目つきで宏美を見ている。

「堕ろすってことには同意したわけ」

「だからそこなのよね。産んでほしかったみたい。そのときに喧嘩みたいにはなったかも。でも、あたしは子どもなんて欲しくないのよ。ちゃんと避妊もしてた。もちろん一〇〇パーセントじゃないけど、この歳だし、絶対有り得ないって思ってたのよ。そしたらできちゃったわけでしょ。すごく相性のいい人だと思ってたけど、あんまり相性がいいときっとそういうこともあるのね。今はピル飲んで対策してる」

「それじゃ、相手は奥さんと離婚して、宏美と再婚しようとしてたのかな」

「そう言ってた。子どもはぜひ産んでくれ、結婚しよう、って。ねえ、ひどいと思うでしょ。奥さんだってずっと欲しいって言ってたのに拒絶してさ。それなのに不倫相手と子ども作って、そっちと再婚しようだなんてさ。あんまり奥さんが可哀想じゃない。彼女の立場、全然ないでしょう。不倫相手のあたしが言うのもおかしいけどさ、さすがにそのときは同情したよね。こんな男を選んだのは彼女自身だけど、まったく間違った結婚だったのよ。正解かどうかなんて、してみなきゃわからないと思うけどさ」

今までの登場人物の中でもなかなかの下衆《げす》な男だ。それも、馬鹿げた下衆さではなく、本当にその辺にいそうなリアル味のある冷酷さ。

そして宏美自身も堕胎をあっさり告白し、まるで罪悪感もなく日常の一部を語るような軽さで話していることに驚いてしまう。これまで聞いたことはないが、もしかして初めてではないのだろうか。きっとそういう『設定』なのだ。

実花は宏美の話のえげつなさに閉口したのか、俯《うつむ》いて唇を引き結んだまま黙り込む。もう酒もつまみも口にしていない。

直子は微妙に気まずい空気の中、その場を保《も》たせるように意識して、宏美との会話を続ける。

「彼、それだけ宏美に夢中なんだ。愛情が移っちゃったらそういう選択するのも仕方ないんじゃない。でも、結局堕ろしたのにまだ関係は続いてるわけね」

「そうなの。奥さんには悪いけど、今まで生きてきていちばん相性がいい人だから別れられないよ。またこういうことあるかもしれないけど、あたしは付き合いを続けるつもり」

「子どもが欲しくないのはわかるけど、結婚もしたくないの？」

「うん。だって窮屈《きゆうくつ》じゃない。もしも結婚した後に、彼よりももっと相性のいい人が現れたらどうするの？　絶対有り得ないなんて言えないでしょ。だからしない。彼にも、奥さんと別れたりしないでって言ってあるの。だってそのせいでこっちに何かとばっちりが来たら面倒だし」

宏美はいよいよ自分の話に没頭し、声や眼差《まなざ》しに脂《あぶら》が乗って執拗《しつよう》な輝きを孕《はら》み始める。

「あたしはただ彼と一緒にいたいだけなのよ。こういう感情が自分にもあるんだって初めて知ったの。感情っていうか、感覚ね。彼とは同じ空間にいるだけで心地いい。人にオーラがあるとしたら、彼のはシルクみたいにすべすべしてて、ずっと頬ずりしていたいようななめらかさなのよ。最初は冷たいけれど、次第に温かく肌の奥まで浸透してくる感じ。声も、肌も、体温も、全部が接していて蕩《とろ》けるみたいに馴染《なじ》んでくるの。そうよ、この日本酒みたいにね、華やかで芳醇《ほうじゅん》なとろみがあるのに、すっきりと後に残さない清々《すがすが》しさがあるの。美味《おい》しいのよ。彼の存在自体が美味しいの」

赤い唇から花が咲きこぼれるようにひっきりなしに言葉のしずくが落ちる。宏美の大きな瞳は泣いた後のように潤《うる》み、酒に火照《ほて》った頰の赤みが薔薇《ばら》のように美しい。

直子は思わずため息をついた。これだから宏美との飲み会はやめられない。この熱の渦に引きずり込まれるのがたまらないのだ。自分がしてもいない恋愛話に浸《ひた》っていると、心が共鳴し、こちらの肌まで熱くなる。宏美の話には聞いている人を巻き込む台風のような力があった。

「不倫を続けるつもりなのね」

「千葉《ちば》に転勤の話があるみたいで、今の家から通えない距離じゃないけど、理由をつけて一人暮らしするつもりだから、そのとき一緒に住もうって言われてるのよ。それなら、まあいいかなって前向きに考えてる。私も通勤するのに不都合のない場所みたいだし。結婚も出産も嫌だけど、同棲くらいはね。あたしにはきっとそこまでの形がお似合いなんだと思う。一対一で何のしがらみもないまま向き合っていたいのよ」

そのとき、黙っていた実花がふいに腕時計を見やって荷物をまとめ始める。

「ごめん、私もう帰らなきゃ」

「え、いきなりどうしたの。もうそんな時間？」

宏美の話に夢中になり、半ば実花の存在を忘れていた直子は、驚いて自分も時計を見るけれど、まだ十時にもなっていない。ごめん、と謝りつつ、実花は先を急ぐように慌《あわ》ただしく席を立つ。

「うん、うちあんまり遅くなると旦那がうるさいから。私も少し酔ってきちゃったし」

「え、大丈夫？　一人でちゃんと帰れるの」

「平気よ、そこまでじゃない。ただベロベロになって帰るとあの人怒るから」

そういえばほんのりと赤かった顔が今では真っ白だ。もしかしてアルコールはあまり強くなかったのだろうか。具合が悪そうに見えて心配になる。

「それならいいけど。それじゃ、また日を改めて飲もうよ。今日は少し遅いスタートだったし」

「そうね。また連絡する」

またね、と二人に手を振り、自分の飲み代を置いて、実花は足早に飲み屋を出ていった。

あまりに唐突の退場だ。急に来て急に帰られて、直子はぽかんとして空白になった隣の席を眺める。

「ねえ、実花やっぱり怒ったのかな。途中から全然喋ってなかったし」

さすがの宏美も多少は気になったようで、水を一口含みながら苦笑する。

「どうだろう。でもやっぱり、既婚者に不倫の話はまずかったんじゃない」

「そうね。ちょっと反省した。でも、実花ってもっと気さくな性格だったと思ったけどな。ちょっと今日はトゲトゲしてなかった？」

そうだろうか。昔の実花を思い出してみる。

誰とでも仲よくできて、社交的で、いつも大きな声で笑っていた印象のある彼女。誰にでも合わせられる器用さがあり、皆に好かれる天性の明るさがあった。

確かに、あの頃に比べてみれば、今夜の実花はやや神経質な表情をしていたような気もする。不機嫌さを隠さなかったのも、思えば実花らしくなかった。

「何か、旦那さんとあるのかもしれないね。自分の家のことは話したがらなかったし」

「あー、確かに。まあ、どこの夫婦にだって大なり小なり問題はあると思うけど。だからあたしは無理なのよ、結婚とか家族になるとか。独り身って本当に気楽だわ」

そうね、と相槌を打ちながら、直子は内心実花に申し訳ない気持ちがした。

結局同級生三人が集まっていたのにろくに昔話もできなかったのだ。宏美の喋る内容が衝撃的なのはいつものことだが、初めて聞く実花にとっては不快だったかもしれない。自分の楽しみのために、実花の時間を犠牲にしてしまったような気がする。

別れ際《ぎわ》にまた連絡すると言い合ったものの、もう次はないだろうな、と直子は予感していた。何より、実花は宏美の連絡先も聞かずに帰ってしまったのだ。それがこれきりでおしまいという何よりの証拠ではないか。

けれど翌日、昼過ぎに直子が起床したとき、それは覆《くつがえ》された。意外にも、実花から『聞き忘れたから、宏美の連絡先を教えてほしい』というメッセージが届いていたのだ。

驚きつつも宏美に確認し、快諾《かいだく》されたのですぐに電話番号やIDを宏美に伝える。直子はこの展開に少なからず安堵《あんど》した。

昨夜は、本当に遅くなるのがまずかっただけなのかもしれない。気にかかっていたので、肩の荷が下りたような心地になった。あんな話を最後に会わなくなるのでは、さすがに後味が悪い。多分誤解していることもあるだろうから、次回会ったときにそれを説明しなくてはならない。

ほっと胸を撫《な》で下ろした直子は、いつもそうしているように薄めのコーヒーを淹《い》れ、野菜ジュースとトーストという簡単なブランチを済ませた後、早速仕事に取り掛かった。

宏美の話を聞いた翌日はアイディアがよく浮かぶ。翌月締め切りの短編小説のプロットを書いて提出しなければいけない時期で、詰まっていた頃合いだったのでこのタイミングは丁度よかった。

昨夜の熱を思い起こしながら、直子は盛んに指を動かしてキーを打つ。宏美のあの喋りの才能を何かに活《い》かせはしないだろうかとふと考える。けれど、この異様で楽しいひとときはまだ自分のものにしておきたい。いつか、本当に彼女の話をそのまま書くのもいいかもしれない。そんなことを想像しながら、直子は軽快に仕事を進めていった。

実花から再び連絡が来たのは、その一週間後のことだ。急に、『時間があれば今夜会いたい』と言われた。

特に予定もなかったのでそれに応じ、『飲みたいわけじゃないから』という彼女の要望に応じて、じゃあ夕飯を食べに行こうと言うと、実花の方から新宿の和食レストランを指定され、現地で落ち合った。

一週間ぶりに会う実花は、何があったのかひどく憔悴《しょうすい》していて、まるで五キロくらいは瘦《や》せたように見える。直子はぎょっとしたが、それを顔に出さないように強《し》いて微笑んだ。

「ごめんね、急に誘ったりなんかして」

「ううん、大丈夫。私なんていつでも暇《ひま》なんだから。でも、いきなりどうしたの」

「うん、ちょっとね。あんまり気になって、直子に直接聞きたいことがあったから」

レストランの予約は実花に任せていたが個室を用意されており、もしかすると深刻な話なのかと身構える。そんな話をされるほど濃密な付き合いはしていなかったつもりだが、気づかないうちに自分が何かやらかしていただろうかと不安になった。

やってきた店員に二人で松花堂《しょうかどう》弁当を頼んだ後、温かい緑茶を飲みながら、しばらく沈黙が続く。

やがて、思い切ったように実花は顔を上げ、重々しく口を開いた。

「あのね。率直に言うと、聞きたいのは宏美のことなの」

「この前、皆で飲んだじゃない。あのとき宏美がしてた話のこと」

直子は目を丸くする。そのことなら、連絡先を教えたのだから、実花が直接宏美に聞けばいいのではないか。

「あの話、直子はいつから知ってたの」

「いつからって。あの夜聞いたのが初めてよ」

「本当に？」

実花は陰険に底光りする目で直子を半ば睨《にら》みつけるように凝視《ぎょうし》する。

初めて見る実花のそんな目つきに、直子は息を呑んだ。別人のようにすら思える変貌だ。

この一週間で一体、彼女に何があったのか。

「本当。嘘ついたって仕方ないでしょ。宏美っていつも突然ああいう突拍子《とっぴょうし》もない話をするの。お酒が入ってくるとああいうことを喋りだすのよ。酒癖《さけぐせ》なの」

「そうなの？　実は前々から知ってて、わざと二人で私に聞かせたんじゃないの？」

「どういうことよ」

何かがおかしい。そのとき、初めて直子は違和感を覚えた。

「実花、何の話をしてるの。宏美の話が実花に何か関係あるの」

「あるに決まってるじゃない。だって、あれは」

感情に突き上げられるように実花が大きな声を出しかけた後、失礼します、と店員が食事を持って部屋に入ってくる。

そこで異様な雰囲気は一度断ち切られ、実花の興奮も水をかけられたように鎮《しず》まった。二人の目の前には色鮮やかな煮物や焼き魚や天ぷらが並んでいるけれど、どちらも箸《はし》をつけようとはしない。食欲などどこかへ吹っ飛んでしまった。

直子は自分がなぜ実花に呼び出されたのか正確に把握できないまま、ある事実を告げる。

「ねえ、実花。聞いてる内にわかるだろうと思って何も言わなかったし、あの夜実花はいきなり帰っちゃったから教えるタイミングもなくなっちゃったんだけど……宏美の話は、全部作り話なのよ」

「……作り話？」

実花は目を剝《む》いてオウム返しに呟《つぶや》く。その反応があまりに大仰《おおぎょう》だったので、直子の胸の不安はますます大きく広がっていく。

「そう、作り話。ああいうどこかの週刊誌にでも載《の》っていそうな、派手でキツイ話をね、宏美はお酒に酔ってくると喋り始めるの。その場で思いついたことなのか、そういうことをずっと考えているのかまでは知らないけど、この前のは新しいネタね。きっと次に会ったらその続きを話してくれるはずだよ。以前までは宏美が二股《ふたまた》をかけている話だったの。でもその相手も、両方共やっぱり浮気をしていて、聞いてるこっちも何が何だかわかんなくなっちゃうくらい複雑な話だった。そんなの、事実なわけないじゃない。不倫の話だって、この次はますますおかしな方向に転がっていくはずよ」

「嘘、だって、あんなに詳しく」

「そうなの。まるで本当の話みたいに聞こえるでしょ。私も最初は本当にそんなことしてるのかってびっくりしてたけど、よく聞いてると、細かいところがチグハグだったりするのよ。だからそれを指摘したら、あの子『あれ、設定違ってた？　ちょっと忘れちゃって』なんて言ったのよ。それでようやく、ああ、ただの宏美の妄想《もうそう》だったんだってわかったの」

　それにしても、何という想像力なのだろう。あれほど緻密《ちみつ》に、ありもしない話を、まるで現実に起きたことのように生き生きと語って聞かせられるというのは、本当にある意味才能だ。女優にでもなれるんじゃないかと本気で思ったこともある。けれど、演技をするためにはいつでも酔っ払っていなくてはいけないのが大きな障壁なのだが。

　実花はしきりに首を横に振っている。青白い顔を歪《ゆが》め、「違う、違う」と一人で呟いている。友人の奇妙な雰囲気に直子は心細さを覚える。自分の話は、今の状態の実花にちゃんと通じているのだろうか。

「ねえ、嘘でしょ。何でそんな風に宏美を庇《かば》うの」

「嘘じゃないってば。庇ってもいないよ。だって宏美って今まで一度も男の人と付き合ったことないんだもの」

「は？　何言ってんの」

実花はこれ以上ないほどに眉間《みけん》にシワを寄せ、不愉快な表情を作る。

「高校の頃だって大学生の彼がいるっていうの聞いたけど。原宿《はらじゅく》でナンパされて付き合い始めたって言ってたわよ」

「それ、やっぱりただの妄想だと思う」

気づけば喉《のど》がカラカラに渇《かわ》いていたので、直子はすっかりぬるくなったお茶を流し込む。ひどい夕食の時間だ。なぜ同級生と会っているだけでこんなにも緊張しているのだろう。直子は実花の説得に必死になっている自分に気がついた。

「私も驚いた。高校の頃の宏美は遊んでるイメージだったし、再会したての頃もブランドもので固めて派手な感じだったもの。でも、自分で言ってたのよ。現実で男と恋愛するのは無理だから、いつも想像するだけだ、って。昔からそうだったって。嫌みたい、実際の男っていう生き物が。かと言ってレズビアンってわけでもなさそうだけど。でもほら、最近そういう人もいるじゃない。男にも女にも興味がない人。アセクシュアルだっけ。宏美がそうとは限らないけどさ」

妄想はするのだから願望はあるのかもしれない。けれど、実際付き合ったことがないというのは、単純に理想が高いだけというのとは違うような気もする。歳を重ねれば重ねるほど、未知の領域に飛び込むハードルは高くなる。宏美は想像して楽しんでいるうちにいい歳になってしまい、動けなくなってしまって、ますます妄想に没頭するようになったのだろうか。弁護士事務所で働きながら様々な修羅場《しゅらば》を耳にするうちに、想像力も逞《たくま》しくなっていったのかもしれない。

直子自身一人でいると妄想に耽《ふけ》る癖があるので、宏美の創作する気持ちもよくわかる。ただそれを口に出して相手に伝えるか、文字で打って出版するかの違いだ。

「私は宏美の話を創作だってわかって聞いてるし宏美もわかって話してるから、どんどん内容も際どくなっていったのよね。でも、実花はそんなこと知らないし、あの場で言えなかったのは悪かったと思ってる。信じちゃったのも無理ない。本当にごめんね」

「そんなこと、信じられない」

実花は下を向いたまま歯を食いしばり、ぎょろりと眼球だけ動かして直子を見上げた。その物騒な顔つきにギクリとして、直子はテーブルの下の冷えた手を握りしめる。

「絶対に違う。作り話のわけない」

「そう思うのもわかるけど、本当なの。騙《だま》したかったわけじゃないのよ。うっかりしてたの。だから、もう宏美の話は……」

「じゃあどうして、あの話が全部うちのことに当てはまるの！」

実花はほとんど叫ぶように声を上げた。

その言葉の意味が把握できず、直子は「え」と言ったままぽかんとする。

（当てはまる？　実花のことに？）

記憶が混乱する。この前宏美が喋っていたのは不倫の話だ。妻のいる男と付き合っていて、妊娠までしてしまったという話。それが、どうして実花と繋《つな》がるのだろうか。

「どういうこと。当てはまるって、あの不倫の話だよね」

「そうよ。不倫してるのが火曜日と木曜日っていうのも、うちの不妊治療の事情も、私の夫の職業も、勤め先も、千葉に転勤の話があるってことも、全部全部同じなのよ」

直子は唖然とした。

そんなことは有り得ない。宏美の話はすべて彼女の創作であり事実ではないはずで、偶然でもすべてが一致することなど不可能だ。

直子が混乱している間に、いつの間にか実花は涙を流している。

「聞いていくうちに、変だ変だと思ってたの。だってどれも聞いたことのあるような妙に身近な感じがして。もしかして夫のことじゃないかって気づいたとき、すべてが私たち夫婦のことに当てはまるってわかった。あの人が週に二回遅くなるようになって、態度もおかしくなったし、絶対浮気してるっていうのは確信してた。宏美が不倫してるのは、私の夫だったのよ。しかも、妊娠して堕ろしてたなんて……私が欲しくて欲しくて堪《たま》らなかった赤ちゃんができたのに、簡単になかったことにして。それなのに罪の意識もなさそうで別れるつもりもなくて、挙句の果てに同棲まで考えてるなんて……そんなの、許せるわけがないじゃない。聞かなかったふりなんて絶対にできない。途中から、どうやって復讐してやろうって、そればっかり考えてた」

衝撃に、胸を喘《あえ》がせる。動悸《どうき》が激しくなって、思わず胸を押さえた。

恵比寿《えびす》の平凡な夜。いつもの店で、いつもの日本酒を飲んでいた直子と宏美。そしてそこへ実花が加わっただけの、高校の同級生同士の何の変哲もない時間だったはずなのに。

「それじゃ……、何で私に宏美の連絡先を聞いたの。実花、一体何を……」

実花は頰に流れる涙を拭《ぬぐ》い、血の気のない唇で微笑んだ。

「私、宏美に仕事先を聞いたのよ。弁護士事務所って言ってたでしょう。夫のことで相談してみたいから、って頼んだら、あっさり教えてくれた。だから、そこにおたくで働いてる女が不倫してるって電話したの。コンビニからFAXも送りつけた。ネットの掲示板にも書いてやった。宏美の実家にも手紙を送りつけたわ。夜中に近所に中傷のビラも貼って回った。クビになればいい、生活がめちゃくちゃになればいいって思って……」

直子は言葉を失った。実花は宏美の妄想話に対して、実際に行動に移してしまったのだ。憎しみに突き動かされ、常軌《じょうき》を逸《いっ》した攻撃方法に出てしまった。あまりに幼稚で、そして直接的な悪意にまみれた手法で。

弁護士事務所という場所柄《がら》、そこで働いている人間が不倫をしているとなれば、ただでは済まされない。顧客に知られれば信用を失ってしまうし、ネガティブな評判が広まってしまえば小さな問題とは言えなくなる。

宏美の実家周辺もそうだろう。宏美の親は確か教員をやっていたはずだ。周囲の目は普通の会社勤めの人間よりも気にかかるだろう。

「だけど、何もかもやり終えたらふと不安になって。夫にもこのことは全然話してないの。あの人の口から実際に宏美のことを聞いたら、私本当におかしくなると思ったから。だけど、直子は宏美の話をいつから知ってたのか気になった。それで思い切ってこうやって呼び出したんだよ。宏美がどういうつもりで私の前であんな話をしたのか、直子なら知ってるかもしれないと思った。だけどまさか、全部作り話だったなんて」

「実花……」

「絶対嘘……信じられない。あんなの創作のわけないじゃない。どうして私たちの事情と一緒なのよ。宏美が知ってるはずがない……不倫相手の妻が私だって気づかずに話したのだって有り得ない」

違う、違う、と呟き続ける実花を前にして、直子はただ呆然《ぼうぜん》としている。

宏美の話は、まさかすべて事実だったのだろうか。それとも、あの不倫の話だけが本当のことだったのだろうか。それとも、これまでも他に事実が入り混じっていたのか。

もしくは、すべて創作だったにもかかわらず、滅多《めった》にない確率で、実花の夫婦の事情と合致《がっち》してしまったのだろうか。男の職業、転勤の予定、逢瀬《おうせ》の曜日、不妊治療——絶対に偶然同じ話をする可能性がない、とも言えない。もしも本当に偶然が重なって妄想が現実と重なってしまったのなら、それはあまりにも不幸な『奇跡』だったのではないか。

（そういえば最近、宏美からの連絡がない）

普通ならばそろそろ来るはずの次の飲みの予定を訊ねるメッセージが来ない。そういうときもあるだろうとさして気にも留《と》めていなかったけれど、実花の告発が関係しているのかもしれない。

震える指先で、宏美にメッセージを送る。いつもならすぐにつくはずの既読がつかない。

宏美は今どこにいるのか。何をしているのか。

どこまでが真実で、どこまでが嘘だったのか。

あの秘密を捲《まく》し立てるときの熱に浮かされたような潤んだ瞳を、興奮し陶然とした声を、忙《せわ》しなく動く赤い美しい唇を、直子は甘い日本酒の香りと共に思い出していた。

まるで宏美の存在そのものが、彼女の創作であったかのように。

真夜中のおでんと迷い猫

山本瑤

馴染みの居酒屋「さわだ」の店主に、三重の貴重な地酒が入ったから来いよと誘われ、相馬《そうま》は深夜、喜んで出かけた。

倉木《くらき》相馬、男、二十八歳、一人暮らし。自分で食事を作るのは好きだし、副業でもある。それでも職業柄《がら》、長期にわたって自宅にこもることも多いために、時間が空けば意識して外出するようにしているのだ。中でも「さわだ」は店主が同年代で、全国の銘酒《めいしゅ》を揃《そろ》えて、なかなかうまい小鉢《こばち》料理を出してくれるので気に入っている。同じ商店街で、雪駄《せった》をつっかけて気軽に出かけられる距離にあるのもいい。

特に今回は、翌日がオフだったために、「さわだ」の閉店間際《まぎわ》まで飲んでいた。白子《しらこ》ととび子、おかひじきの和《あ》え物。ほっこり柔らかな風呂吹き大根、シャキシャキした蕗《ふき》のおかか和え。それに合わせて出される、にごり酒や吟醸酒《ぎんじょうしゅ》の数々。すっかり気持ちよく酔っ払って、あとは帰って寝るだけのはずが、なかなか厄介《やっかい》なことになってしまった。

明け方の光が、奥の狭い和室に差し込んでいる。相馬はこたつに頬づえをついて、差し向かいのあたりを眺めると、ため息をついた。

俺は、野良猫は拾わないいし、餌《えさ》もやらない主義だったはずだ。それなのに。

「どーするかね、これ」

相馬の本業は、家具職人だ。狭い路地に面した自宅に隣接する工場で、おもに椅子とダイニングテーブルを作っている。商売は順調で、有難いことに二年先まで商品を待ってくれている客がいる。もっとも、最近は、本業よりもむしろ副業の方が忙しい。

自宅は、それこそもと居酒屋だった物件であり、ガラス戸を開くと厨房《ちゅうぼう》と細長いカウンター席になっている。この日もいつも通り、厨房で料理の下ごしらえを始めた。

昨夜はけっこう飲んだし、もう少し寝ていてもいいはずだが、眠気などどこかへ行ってしまっている。手早くシャワーを浴びはしたが、どうにも落ち着かない。やや長めの髪は乾ききらず、ゴムでトップ半分を無造作に結んだ。服も着替え、さっぱりしたはずが、頭痛がする。酒と寝不足のせいばかりではなさそうだ。

「おはよーっす」

いつも、元気な挨拶《あいさつ》と同時に扉を開くのは、右京《うきょう》だ。十九歳の専門学校生で、相馬の副業を手伝ってくれている。相馬は顔を上げておう、と応じた。

「おまえ今日、高円寺《こうえんじ》と大宮《おおみや》だろ。冷凍庫にブイヨン入ってるから持ってけよ」

右京ははーい、と返事をして、いつも通りに、厨房で材料の物色を始める。足りない分はスタッフが個々で買い出しをするが、出汁《だし》や調味料、下ごしらえをすませた食材は、この厨房から持っていくことが多い。

「相馬さん、聞いてくださいよ。俺、こないだ彼女にミートローフ作ったんですけど、隠し味に白味噌使ったら、これが好評で」

右京は、見た目は今時の若者そのものだ。しかし料理への情熱はスタッフの中でも人一倍強く、よく、恋人に食事を作ってやっている。

「今日のリクエストも洋食なんで、同じの作ろうかと思ってるんです。あ、いつも通り花をもらって……」

右京は奥の和室に足を向けた。普段、そこには、近所の花屋から分けてもらっている花が飾られている。客先でテーブルの仕上げに使うのだ。しかし右京は和室の入り口で一瞬固まったようになり、静かに踵《きびす》を返すと、相馬のところまで戻ってきた。

「相馬さん」

「うん」

「俺、安心しました」

「何がだよ」

「相馬さんも、やっぱフツーの男だったんですね」

「やっぱとはなんだ。俺はいたってフツーの男だ」

「いやあ、相馬さんって男の俺から見てもカッコイイのに、彼女がいないのは、女に興味ないからじゃないかって、ひそかに心配して……」

「何度も言うが、男より女が好きだぞ」

相馬が不機嫌に遮《さえぎ》ると、右京はにやりと笑った。

「ですよね。それで、安心したんです。家に女の子引っぱり込むなんて」

「いや、それも違うな」

相馬は真面目《まじめ》くさった顔で答えた。

「引っぱり込んだんじゃない。どっちかっていうと、押し付けられた」

右京が目を丸くする。そうだろう、そりゃ、そういう想像をするだろう。奥の和室で、うーん、と小さな声があがった。しばらくののち、彼女はがばっと身を起こす。ちょうど、厨房にいる相馬と目と目が合った。

「おはよう」

相馬は言い、彼女は、丸い目をさらに大きくみはって、相馬と右京を交互に見た。


「はいよ」

相馬はカウンター席に座った彼女の前に、熱い緑茶を置いてやった。彼女はぺこん、と頭を下げると、両手で湯呑みを包み込むようにする。

「あのさ。じゃあ、なんも覚えてないの？」

隣に座る右京が、興味津々《しんしん》に聞く。彼女はえへへと笑って頭をかいた。

「そうなの。お店に入って、何杯か飲んだところまでは覚えてるけど……そのあとのことは、まったく」

彼女は、篠田椿《しのだつばき》と名乗った。二十代の、まだ前半だろうか。顎《あご》のあたりまでの髪は乱れまくって膨《ふく》らみ、顔はむくんで目も腫《は》れぼったい。でもにこにこ悪びれずに笑う様子は屈託《くったく》がなく、小柄で目が大きいせいか、小動物を思わせる。

「気づいたら店の奥で酔いつぶれてたって、澤田《さわだ》……店主がね、言ってたよ。それで、身元も分からないし警察呼ぶのもなんだから、とりあえず俺に連れて帰ってくれって」

澤田曰《いわ》く、意識を失った若い女を頼めるのは相馬くらいしかいない。澤田自身は結婚したてで嫁が嫉妬《しっと》深いから無理だ。だから一晩だけ家に泊めてやってくれと言われた。

あっ、と椿が思い出したように高い声をあげた。

「そういえば、あたし、お会計は」

「俺が立て替えといたけど。六千円くらいだったか」

さっきまでにこにこ笑っていた椿は、急に青ざめた。無言のまま湯呑みを見つめていたかと思うと、やがて意を決したように、傍《そば》に置いた小ぶりのボストンバッグから財布を出した。

「ごめんなさい。あたし、全財産これだけなの……」

広げた財布を覗《のぞ》き込んだのは右京で、ええ、と驚きの声をあげる。

「小銭だけじゃん。椿さん、それで居酒屋入ったの？　それって故意に……いてっ」

相馬はカウンターごしに右京の頭をはたいた。椿の耳が、真っ赤になっている。やれやれ、と相馬は嘆息《たんそく》した。

「まあとりあえず、お茶飲んで」

椿は頷《うなず》き、茶を一口すすった。と思ったら、大きな目に見る見る涙がたまった。笑ったり恥じ入ったり泣いたり、表情がくるくる変わる娘だ。彼女は無言で泣きながら茶を飲んだ。右京が動揺した様子でその横顔を見ている。やがて彼女はごちそうさま、と小さく言って、湯呑みを置くと、相馬をじいっと見つめてきた。

待て待て、と相馬は慌《あわ》てる。ものすごく嫌な予感しかしない。はたして、

「働かせてください！」

「………」

「昨日のお店での立て替えてもらったお金、働いて返します！」

相馬は首を振った。

「いやいや。勝手にやったことだし、返すのはいつでもいいよ。今日のところは、家にお帰り」

「家なんかないの」

椿は思いつめた顔で言うと、財布の中身をカウンターにぶちまけた。小銭が音を立てて散らばり、何枚かが床に転がってゆく。

「全財産、六百八十四円。それで、アパートを追い出されたの。ええ、あたし、分かって

てあの店で飲み食いしたの！」

「そ、そんなにお腹《なか》空《す》いてたの」

右京が同情している。椿はそれには答えなかった。またしても、まるで喧嘩でもふっかけてくるような勢いで相馬に言う。

「お願い。店の掃除でも、給仕でも、なんでもやる。だから」

「店？」

「ここ、お店でしょ？　しばらくの間、住み込みで働かせてください！」

相馬は右京と顔を見合わせ、笑った。

「店じゃないよ。ここは俺の自宅」

椿は驚いた様子で、厨房をざっと見渡す。確かに大きな冷蔵庫や鍋が並んだコンロなど、設備を見れば、現在も営業している店と思われても仕方がない。でも、違う。

「俺は普段、家具職人やってんの。そっちの右京はまだ学生。ただ、副業で出張シェフのサービスをしているから」

「出張……シェフ？」

相馬がやっている副業は、出張シェフサービスの『エデン』。顧客《こきゃく》は紹介のみで、おもにＷｅｂで依頼を受ける。明確な料金設定とシンプルな利用ルールで、都内近郊に住む依頼者の自宅まで行き、リクエストに応じた料理をその家のキッチンで作って提供する。

スタッフは相馬のほかに右京と、あとふたり。リピーターも多く順調に依頼は来るが、今のところ男四人で人手は足りている。

「まあ、つまり、ここは店ではないし、君を雇うことはできない。それに俺は一人暮らしだから、昨夜は例外的に君を泊めたけど、一緒に住むことはできないよ」

「……そうなの」

椿はのろのろと立ち、床に散らばった小銭を拾い集め、もう一度相馬を見た。相馬は身長百八十センチだから、かなり懸命に見上げる形になる。

「じゃあせめて、今日いちにち、何か手伝いをさせて。お金はきっと返すけど、立て替えてもらったのと、泊めてもらったお礼に」

「律儀《りちぎ》だねえ」

そんな必要はないと、二度にわたって突っぱねることはできない気がした。椿はまるで戦場に赴《おもむ》く兵士のような目をしている。ぎりぎりで、あと少しつつけば、何かが壊れてしまいそうなほどに張り詰めている。

もう仕方がなかった。

「それじゃあ、とりあえず……厨房を掃除してもらえる？」

椿は咳《せ》き込むようにしてはいっと返事をし、右京にいたっては、自分が救われたかのようにホッとした顔をしている。

確かにちょうど五徳や換気扇を掃除しなければ、と思っていた時期だった。ここは店ではないのだが、エデンのスタッフが入れ替わり立ち替わり、時には四人同時に厨房に立ち、毎日何かしらの料理を作る。出張シェフの下ごしらえもするが、ほとんどは、自分たちのために料理をする。

そこに女が入ったのは初めてのことかもしれない。昼前、右京と入れ替わるようにスタッフの海斗《かいと》と悠然《ゆうぜん》がやってきたが、ふたりとも椿がいるのを見て、かなり驚いていた。

「ほほう。椿さんはお掃除が上手ですねぇ」

本業で僧侶をやっている坊主頭の悠然は、椿のそばまで行き、あれこれと話しかけている。悠然が言うように、意外にも椿の掃除の仕方は丁寧《ていねい》で、だてに自《みずか》ら掃除をさせてくれと頼んだわけではなさそうだった。

ぼさぼさだった髪をひとつにきちっと結び、ゴム手袋をはめている。重曹《じゅうそう》と酢を使いながら、丁寧に、根気よく五徳の油汚れを落とし、換気扇を磨いている。その横顔は生真面目《きまじめ》そのものだったが、悠然に話しかけられれば、嬉しそうににこにこと笑う。

「ハウスクリーニングの派遣会社で働いていたの」

「働いていた、とは、今は別のお仕事を？」

悠然にさらに聞かれると、黙り込む。なるほど、あまり込み入った話はしたくはないようだ。

　一方、もうひとりのスタッフの海斗の方は、いつものように厨房に入ることはせず、所在なさそうに入り口近くのストーブの前に突っ立っている。上背《うわぜい》があり一見強面《こわもて》の海斗は、本当は優しい青年だ。しかし基本的にコミュニケーション能力が低いので、初対面の椿の存在に戸惑《とまど》っているのかもしれない。

　相馬はそんな海斗に声をかけた。

「おまえ、今日オフじゃなかったか？」

「まあ……ちょっといいアラ分けてもらったんで、相馬さんに」

　海斗は気まずそうに袋を掲《かか》げた。最近では人の好《よ》さが徐々に周りへと浸透し、商店街を歩けば野菜や魚のおすそ分けをもらうようになっている。

「すげー量だな。昼飯に使ってもいい？」

「もちろんっす」

「奥で休んでろよ。おまえも食ってくだろ？」

　おお、とすぐに反応したのは悠然だ。

「相馬さん、お昼のメニューはなんですか？」

「このアラだと……ブイヤベースかな」

「いいですねえ。ああ、椿さんも、ご一緒に召し上がりますよね」

「え、いいの」

椿が顔を輝かせる。本当に表情が豊かな娘だ。

「掃除、そんなところでいいよ。もうじゅうぶん、やってくれたから」

それでも椿はさらに床まで雑巾《ぞうきん》で磨いてから、ゴム手袋を外した。手袋をしていたのに、真っ赤になっている。今日の作業だけが原因でもなさそうだ。小さな手はあかぎれだらけだった。

「じゃあ、取り掛かりましょうかねえ」

悠然が言い、愛用の藍染《あいぞめ》の割烹着《かっぽうぎ》を身につける。相馬は黒のソムリエエプロンで、ぴかぴかになったコンロに鍋を乗せ、アラの下処理を始めた。悠然が玉ねぎやセロリを刻み、冷凍してあったバゲットのスライスを出す。

その様子を、椿はカウンターの向こうから、なんだか嬉しそうに見ているのだった。


「……美味《おい》しい」

鯛《たい》のアラやエビ、アサリで作ったブイヤベースを食べた椿は、吐息《といき》とともにそう呟《つぶや》いた。三人の男に挟まれるようにしてカウンターに並び、スプーンを動かす。カウンターにはほかに、カリカリに焼いた薄切りのバゲットとチーズ、自家製のピクルスやレバーペーストが並べられている。

「こんなに美味しいものを食べたのは、小学生の時以来だあ」

椿はそんなことを言う。隣に座る悠然が優しく微笑んだ。

「普段はどんなものを召し上がってらっしゃるのですか」

「えー？　普通だけど。ご飯にお味噌汁、焼き魚とか。でもとにかく、こんなに凝《こ》ったものは作れない」

「外でご飯を食べたりもするでしょう？」

「節約第一だから。あたし、外食なんて滅多《めった》にしたことない……」

椿はそう言いかけ、あ、と気まずそうに口元を覆《おお》う。

「昨夜は、そのう……ちょっとやけになってたから、例外。普段はあんなことしないの。本当だよ」

つまり、無一文に近いのに飲食店に入って正体を失うまで飲むということか。相馬は苦笑した。

「信じるよ」

えへへ、と椿がまた笑う。相馬はなんだか胸が苦しかった。すると、ずっと黙っていた海斗が、いきなり「相馬さん！」と声をあげたので驚いた。

「この人、もうしばらくの間だけ、ここにいてもらったらどうっすか」

「は？」

「部屋、余ってますよね」

相馬は顔には出さなかったが覚えてろよ、と心中で毒づいた。

「そうですねえ」

と悠然までが同意する。

「お金がなくて、仕事も住むところもないのなら、新しい生活のめどが立つまで、ここにいるのはいい考えですね」

「いや、だけどな、俺は一人暮らしだし」

「一人暮らしだからこそですよ、相馬さん。何かと潤《うるお》いがなく、日々殺伐《さつばつ》としがちではないですか、男だけだと」

そうくるか。何が潤いだ、馬鹿野郎。

「人助けですよ。お釈迦《しゃか》様も言いました。『人として生まれまた死ぬべきであるならば、多くの善《よ》いことをなせ』と」

「そういやおまえ、坊主だったね」

「思い出していただけて何よりです。善は誠に、己《おのれ》を助ける行いでもあります。それこそエデンの理念にぴったりだと思いますよ」

「相馬さん。困った女を寒空に放り出すなんて、相馬さんらしくないっす」

「あの！」

当の本人の椿が、やおら椅子を降りると、土間に土下座をした。相馬と男たちはぎょっとする。

「お願いします！　図々しいのは百も承知です！　一カ月……ううん、二週間以内に仕事見つけて、そうしたら、すぐに出ていくから！　もちろん掃除や雑用も全部する！　だから、物置でもどこでもいいから、置いてください！」

　座が静まり、悠然や海斗が相馬の反応を待っている。相馬は、はーっと息を吐いた。自分も椅子から降りて、椿の前に屈《かが》み込む。

「椿ちゃん。初対面の男をそこまで信用するのもどうかと思うよ。もっと用心しなきゃ」

「信用、できるもの」

「なぜ？」

　椿は顔を上げた。大きな、まっすぐな目で相馬を見つめ、にこっと笑う。

「ご飯、美味しかったから」

　相馬は目を見張り、悠然が明るい笑い声を立てる。

「それを言われちゃあ、何も反論できないですよねえ、相馬さん。椿さんは分かってるんですよ。美味しいご飯を作る人に悪人はいないって」

　普段仏頂面《ぶっちょうづら》の海斗までが、笑いを堪《こら》えたような顔をしている。その中で、ただひとり、大真面目な顔で相馬を見ているのは椿本人だ。

「あのさ」

「はい」

「俺はね、中途半端《はんぱ》は嫌いだよ」

「……はい」

「だからさ、家に入れるってことは、短期間でも、責任持つよ」

「え？」

「これも縁ってことなら、いてもいいけど、見届けるって意味。ちゃんと人生を仕切り直すところまで」

　椿は目を見張り、がばっと相馬に抱きついてきた。用心しろと言った直後からこれだ。相馬は面食らい、椿を優しく押し戻そうとしたが、やめた。

　相馬の首に抱きつく椿の力は、思いのほか強く、ちょっとやそっとでは引き離せそうになかった。それなのに、微《かす》かに震えているのだった。


　まさか物置に女子を寝かせるわけにはいかない。古い家だが、海斗の言うように部屋は余ってはいる。相馬は二階の六畳の和室を片付けて、そこに椿を置いてやることにした。

　寝具は悠然が実家から客用布団を持ってきて、就職活動は、海斗が手伝うことにしたらしい。海斗は金を貯める明確な目的があり、そのため、普段はエデンの仕事の他に、工事現場などでバイトを掛け持ちしている。

相馬の一日は大抵早く、起きてまず簡単な朝食を作る。しかし同居一日目にして、驚いた。椿がもうすでに起き出していて、厨房で朝食を作り終えていたのだ。

「あの。迷惑かなと思ったんだけど、やっちゃいました」

緊張した様子で言うので、おかしい。相馬はその丸いおでこを指でつついてやりたくなった。

「いや、ありがたいよ」

椿が作ってくれた食事は普通に美味しかった。豆腐とネギの味噌汁に、卵焼き。

「相馬さんのご飯の方が百倍美味しい、けど」

生真面目な顔でそんなことを呟く。聞けば表の掃き掃除と、トイレ掃除もすませたらしい。相馬は、自分でも珍しいことだと思ったが、戸惑ってしまった。

長い間一人暮らしをしていたし、同棲も経験がない。つまり慣れていない。

「あのさ、椿ちゃん。もっとのびのびしてくれて構わないよ。君の第一目標は社会復帰でしょ」

「社会復帰が目標だからこそ、ちゃんとする」

椿は頬を赤く染めて力説する。

「だらだらしてたら、それこそ、冷たい泥の中に腰までハマって抜け出せなくなっちゃう気持ちがするから」

「面白いこと言うね」

「相馬さんは、ない？　そういうこと。自分でもなんとかしなきゃって思うのに、気持ちばかりあせって何もできなくて……とりあえず、できることからジタバタと、片っ端《ぱし》からやるってこと」

相馬は束《つか》の間《ま》黙って椿の小さな横顔を見て、微笑んだ。

「そうだね。あるよ」

働くことで気持ちが楽になるのなら、それはそれでいい。

「まあでも、就職活動がんばれよ」

相馬はぽんぽん、と椿の肩を叩いた。


こうして相馬にとっても慣れない同居生活が始まった。朝起きたら、朝食ができている。一緒に食事を終えて、相馬はまず隣の工場に行き本業に従事する。その間、椿は家の前の掃き掃除に始まって、風呂やトイレなどの水回り、厨房の簡単な掃除をすませてくれるようになった。その後、職業安定所や、海斗の紹介の仕事の面接などに出かけていく。

夕方から夜にかけて、エデンの男たちが出入りし、厨房で何かしら料理を作り始める。それが夕飯になって、何人かでカウンターに横並びで食事を摂《と》る。後片付けは全員で、椿も手伝う。

　そんな毎日が続いて、五日目くらいの夜のことだ。

　相馬は夜間の依頼があって、帰宅したのは深夜二時を回る頃だった。一階に灯《あか》りはなく、椿は早々に寝てしまったらしい。できるだけ音を立てないよう、階段を上がってゆくと、くぐもった声が聞こえてきた。

「……椿ちゃん？」

　相馬は、椿が使っている部屋の前で声をかけてみた。返事はない。しかし、確かに、声が聞こえてくる。

　泣いている。

　咄嗟《とっさ》の判断で、襖《ふすま》を開けた。室内は真っ暗ではなく、常夜灯が点《つ》いたままだ。何もない殺風景な部屋の真ん中に布団が敷いてあり、そこで、椿が眠っていた。相馬は迷ったが、泣いているのを放っておくわけにもいかず、部屋に入ると、そばに腰を下ろした。

　椿は確かに泣いていた。自分の膝《ひざ》を抱《かか》えるようにして丸くなり、すすり泣きをしているのだ。

　悪い夢を見ているのなら起こした方がいい。相馬はそっと肩をゆすったが、椿は起きなかった。ただただ、同じ姿勢で、ずっと泣き続けていた。

「おはようございます！」

翌朝起きて階下に行くと、天真爛漫《てんしんらんまん》な笑顔が相馬を出迎えた。

「相馬さん、寝不足なの？　昨夜、仕事遅かったんだ」

「いや、うーん」

相馬が曖昧《あいまい》に笑うと、椿はさらに屈託《くったく》がない様子で、

「今お茶淹《い》れるね。朝ご飯も、今日は洋風にしてみたんだ。パンが残ってたから」

といつも通りテキパキと働き始めた。相馬はその背中に聞きたかった。どうして、泣いていたのか？　寝ているのに、声を押し殺すようにして。いったいここに来る前に、どんな孤独を経験し、あんな風に泣くはめになったのか。

（冷たい泥の中に腰までハマって抜け出せなくなっちゃう……）

そうなってしまった原因を、聞き出したいが、目の前の明るい笑顔を曇らせるのも申し訳ない気がして、相馬は口を閉ざす。その代わり、椿と並んで朝食を摂る。当たり障《さわ》りない会話を交わしながら、ふたりで並んで摂る朝食は、一人暮らしに慣れてしまった相馬にとっても、なかなか悪くはない時間だ。

しかし、それからも毎晩、椿は泣いた。思えば最初の晩からそうだったのかもしれない。一度気づいたら相馬の方も耳をそばだてるようになり、分かるようになっただけで。

相馬は部屋の前まで行き、泣くのを聞いているか、自分の部屋でまんじりともせずに天井を見つめていた。

泣いている女を放っておくことはできない。

とうとう、椿に事情を聞くことを決めた。

「椿ちゃんさ、何か悩んでることとかあるの？」

翌朝、思い切って聞くと、厨房でスープを作っていた椿は目を丸くした。

「そりゃ、あるよ。お金がない、仕事がない、あ、ついでに胸もないわ」

あはは、と笑う椿に、相馬はがくっとうなだれる。

「そういうことじゃなくて。ここに来る前に、なんかあった、とか」

椿は驚いた様子で相馬を見ていたが、やがてふっと微笑んだ。

「あたし、暗い顔とかしてる？」

「いや？　どっちかっていうと、明るいけどね」

それが逆に痛々しい。椿は笑った。

「よかったあ。ブスが暗い顔してると余計悲惨だから、せめて笑ってろってよく言われるんだ」

相馬は真顔になった。

「誰に？」

「え？　それは、まあ、いろんな人に」

「椿ちゃんは、綺麗だよ」

相馬が言うと、椿は一瞬、おびえたような顔をした。

「相馬さん、やだな、何言ってんの」

「どこのどいつがそんなこと言ったんだか知らないけど、君は綺麗だからね。笑ってても……泣いてても」

椿は黙り込んだ。顔を強張《こわば》らせていたが、すぐに、くしゃっと笑う。

「ほんと相馬さん、そういうのよくないよ」

椿は後ろを向いて、調味料を探すふりをする。

「優しいからって、そういうの、勘違いしちゃう女の子がたくさんいそう。ただでさえイケメンなのに。あたしは、現実知ってる方なんで、大丈夫だけど」

相馬は改めて、そこに立つ娘の背中を見つめ、やりきれないような気持ちになる。椿は圧倒的に自己評価が低い。

「心配してくれてるんだね。あたし、ほぼ無一文だったし、行くあてもないし、この先どうなるんだろうって」

夜中に泣いていることに相馬が気づいている、と知ったら、椿はさらに自分を押し殺して、夢の中でさえ泣くことができなくなりそうだ。それにガードが固く、自分のことを語るつもりはまったくないようだ。これ以上は、さらに追い詰めてしまう。だから相馬は、あえて、話題を変えることにした。

「仕事、見つかりそう？」

椿は振り返った。ホッとした顔をしている。

「来週、面接できることになったの。海斗さんが紹介してくれた建設会社の事務で、寮があるみたいで」

そこが決まれば、相馬はもう慣れない同居生活を続けなくてもすむわけだ。覚悟したよりは短く終わりそうなこの生活に、ほんの少し、未練は感じる。

「そうか。良かったな」

椿はいつものようににこにこと笑う。その裏に隠れた悲しみや苦しみの原因を、知らないまま、別れることになるのかもしれない。そう思うと、相馬の胸にも痛みが走ったが、いったいどうするべきなのか、分からないのだった。

金沢《かなざわ》から宅配便が届いたのは、椿《つばき》が相馬《そうま》のところに来てから、十日が経《た》つ頃だった。

送り主は、金沢の家具工場の親父で、相馬は十代の頃、そこに弟子入りしていた。相馬が独立後も何かと気にかけてくれて、時々、カニやら米やら、うまいものを送ってくれる。

今回、届いたのは日本酒だった。

「うわあ、相馬さん、いいなあ」

ちょうど来ていた右京《うきょう》ばかりか、悠然《ゆうぜん》までもが顔を輝かせる。桐箱《きりばこ》に品良くおさめられた純米大吟醸酒《じゅんまいだいぎんじょうしゅ》で、一升瓶を持ち上げると金箔《きんぱく》がゆらゆらと輝いた。

「金沢名物の金箔入り！　すっげーゴージャス！」

「おまえ未成年だろ」

海斗《かいと》の指摘に、右京は勝ち誇った様子で高らかに笑った。

「それが俺、明後日《あさって》とうとうハタチだもんね！　これで堂々と酒が飲める」

大学生なら年齢に関係なく、どこでも飲んでいそうなものだが、右京はかなりの童顔なので、身分証の提示を求められることもあり、おおっぴらには飲酒ができなかったらしい。

「そうか。おまえ、誕生日か」

カフェでバイトをしていた右京をこの仕事に誘ったのは相馬だ。なんとなく感慨《かんがい》深い。

「パーティーでもやるか」

「やったー！」

右京はガッツポーズを作る。

「そこでこの酒飲ませてくださいよ。大人への記念すべき第一歩に！」

悠然がパチパチ、と手を叩く。

「それならわたし、ケーキを焼いてきますよ」

悠然は、料理だけではなくスイーツ作りを趣味とする変わった坊主なのだ。

「おまえが成年なんて、俺は認めねー」

海斗が右京の頭を拳《こぶし》でぐりぐりやる。右京は痛いやめろと騒ぐが、そんな風にじゃれ合うのはいつものことだ。

一方、厨房《ちゅうぼう》にいる椿は、やけに静かだ。黙ってフキンの煮沸《しゃふつ》消毒をしている。右京が真っ先に気づいて、話しかけた。

「椿さんも、パーティー、参加してくれるよね？」

椿は、はっとした様子だったが、すぐにいつものように笑った。

「もちろん。あ、でも、プレゼントとか、何もあげられないけど」

「いいって。なんならさ、味噌汁作ってよ、こないだの生麩《なまふ》が浮いてるやつ。あれ、めっちゃうまかったあ」

「そんなんでいいんだ」

椿は、レパートリーは少ないものの、確かに味噌汁はうまい。

全員のオフの日が三日後の月曜日ということで、そこでパーティーをやることが決まった。

夜半、相馬は目が覚めた。椿が泣くのを意識するようになってから、眠りは浅い。しかしこの日は、泣き声で目が覚めたわけではない。階下で、玄関の戸が開くような音がしたからだ。

鍵を閉め忘れたか、と慌《あわ》てて相馬は跳ね起きた。一時を過ぎている。階段を降りてゆくと、扉が開いていて、冷たい夜風が吹き付けてきた。相馬は雪駄《せった》をつっかけて、扉のところまで行った。すると目に飛び込んできたのは、泥棒ではなく、小柄《こがら》な女の後ろ姿だった。

「椿ちゃん」

椿は昼間と同じ、デニムにトレーナーという姿で、そこに座り込んでいる。

「どうした」

「すぐそこに、猫がいたの」

「猫？」

「あそこ。おいでってやったのに、逃げていっちゃった」

様子がおかしい。振り向かせようとして手を伸ばした時、ぷんと酒の匂《にお》いが漂った。椿の傍《そば》には日本酒の一升瓶が転がっている。金沢から届いたばかりのあの酒だ。中身が溢《あふ》れて、地面に小さな水たまりを作り、街灯の明かりに金箔がキラキラと光っている。

相馬は椿の肩をつかんでこちらに向けさせた。すると椿は、早口に言った。

「あたし、飲んじゃったよ。半分くらい。半分は、地面が飲んじゃった」

相馬は椿を抱えて立たせた。

「とにかく、寒いから家に入って」

「でも、猫がね」

「いいから」

空《から》のビンも拾い上げ、押し込むようにして椿を中に入れると、後ろ手に扉を閉める。椿は、くすくすと笑った。

「借りたお金返そうと思ったのに、借金増えちゃったあ。あのお酒の分も働かなくちゃ」

「なんでこんなことしたの」

「怒ってる?」

「いや、怒ってはいない」

相馬は静かに否定する。すると椿は何を思ったのか、身を投げるようにして相馬に抱きついてきた。

「相馬さん、抱いて」

椿は、ぎゅっと強く相馬の首をかきいだくようにした。

「……相当に酔っ払ってんな」

「違う。酔ったことなんかない。いつも、どんなに飲んでも、あたしは冷静だよ。冷静にお願いしてる。あたしを抱いて」

「自分が何言ってるか分かってないだろ」

「分かってる。あたしが、あなたにたくさん恩ができちゃったってこと。あたし、お金もないし、美人じゃないけど、この体だけは自分のものだから。だから」

相馬は、はーっと息を吐いて、椿の肩をつかむと、そっと押し戻した。

「相馬さん。あたしじゃ不足？」

椿はショックを受けたような顔をしている。相馬は首を振った。

「いや。前にも言ったけど、椿ちゃんは綺麗だよ」

「それなら」

「でも、惚《ほ》れてない。きっとお互いに」

椿は息を飲むようにして、相馬を見つめた。その顔が泣き崩れるのに時間はかからなかった。

「偽善者！」

椿は叫んだ。

「あたしを助けてくれるつもりなら、黙って抱いてくれればいいのに！　そうしたら、あたしは救われるのに！」

「何から？」

相馬も椿から目を離さなかった。しっかりと見据えて聞いた。

「いったい、何から逃げてきた？」

椿は顔を覆《おお》う。

「何からも逃げてない！」

「じゃあなんで、毎晩泣いてる」

「泣いてない！」

椿はひときわ高く叫ぶと、外に飛び出した。相馬はすぐに追いかけた。

華奢《きゃしゃ》な背中が無人の商店街を駆け抜けてゆく。そのまま線路沿いの路地に入ったところで、相馬は彼女をつかまえた。

「待てって」

「放して！」

暴れる椿を、相馬は必死に抱きしめる。それでもなお椿は暴れて叫んだ。

「あたしに同情なんかしないでいい！　このまま行かせて！」

相馬は、途方にくれた。実際、自分でも弱ったような声が出た。

「いや、それだと俺がかわいそうなことになる」

椿の体から力が抜ける。え？　と涙に濡れた目で、問うように相馬を見上げた。

「相馬さんが、かわいそう？」

相馬は頷《うなず》くと、腕の中の椿をもう一度抱きしめる。優しく、そっと。そして再び、はーっと、今度は安堵《あんど》の吐息《といき》をついたのだった。

「俺が金沢に行ってた間に、母親が死んでさ」

なんとか椿を家まで連れ戻し、相馬はストーブに火を入れた。椿はおとなしく、傍の椅子に腰掛ける。

「明るい人だったけど、苦しいことは溜《た》め込むような人でね。最後まで病気のこととか俺には隠してて。まあ、俺が戻ってこないように、黙ってたんだと思うけど」

ストーブに火が点くと、椿は足を持ち上げて、椅子の上で丸くなった。そうすると本当に小さい。相馬は厨房のコンロから鍋を持ってきて、ストーブの上に置いた。

「だから相馬さん、女の人に優しいの？」

椿にそっと聞かれ、相馬は薄く笑う。

「親切に見えるかもしれないけど、まあ結局は自分のためだね」

「お母さんを看取《みと》れなかったことへの罪滅ぼし？」

「そんな大層なもんじゃない。ただ、自分が苦しい思いをしたくないだけだ。さっきみたいにね、椿ちゃんが、苦しいまま俺のところから去ってしまったら、きっと俺は打ちのめされる。自分に何ができたんだろうって、悶々《もんもん》と悩んじまう」

「そんな」

椿は、じっと相馬を見つめた。

「相馬さんでもそんなことで悩むの」

「小さいんだよ。過去を、いつまでも引きずるしな。それに、恋愛にも臆病だったりする」

「モテそうなのに」

「簡単に踏み込めない。頭であれこれ考えちまう」

普段、男同士でも恋愛の話はあまりしない。相馬は何事にもバランスを保つことを美学としているが、恋愛となれば、割とのめり込んでしまう。関係が壊れたその先の、ダメージが大きすぎるために、今は特に、恋愛ごとから自分を遠ざけているというのもある。つまり相手の人生に大きく踏み込んで、相手も自分に深く関《かか》わらせたりすることが、怖いのかもしれない。

「あたし。相馬さんは、いろんな人に愛されているし、与えられている人かと思った」

椿はストーブの火を見つめながら言った。

「昼間の、金沢の届け物の話？」

「それだけじゃなくて。ここに出入りする人たち、右京くんも海斗さんも悠然さんも、みんな相馬さんを尊敬してるし、大好きでしょう。商店街の人たちも。最初から、あたし思ってた。あなたは、あたしと正反対の人だって」

「周りの人間には恵まれていると俺も思うよ」

「あたしは違う。幼い頃から、誰かに奪われるばかりの毎日だった。特に中学校に上がったくらいの時に両親が離婚してからは。妹は父親に引き取られたけど、あたしは母親と一緒に暮らすことになった。いきなり生活が貧乏になって……学校でもバカにされた」

母子家庭の苦労は、相馬もそうだったから多少は分かる。しかし椿の心の傷は深いようだ。

「あたし、お父さんの方に行きたかったんだ。母親と違って穏やかな人だったし、生活も安定してるし。でも、同居してたおばあちゃんが、あたしのことが嫌いだったんだよ。母親似で性格も小賢《こざか》しいって。お父さんは、おばあちゃんには逆らわない人だった。そういった嫁《よめ》姑《しゅうとめ》問題もあって離婚したんだと思うけど、当時はよく分からなかったんだ。なぜ、妹は選ばれたのに、自分は選ばれなかったのか」

「家族は今も健在？」

「たぶんね。もう長い間連絡とってないから分からないけど。あたし、母親の再婚を機に居場所なくなって東京出てきたから」

生まれ故郷は東北の方だと椿は言った。

「初めて男の人と付き合ったのは高校生の時で、相手はバイト先のガソリンスタンドの店長で、奥さんがいる人だった」

ストーブにかけた鍋がぐつぐつと音を立て始める。炎に照らされた椿の横顔は静かだ。

「あたしね、いつも、何かしら問題がある人と付き合っちゃうの。いっつも、向こうから言いよってくるんだよ。でも、すぐに別れるはめになる。大抵が、振られるんだ。飽きたとか、重い、とか、他に好きな女ができたとか言って」

「それは男が最低なんだよ」

「……あの人は、違ったんだけどね。少し前まで付き合ってた人。まっとうなサラリーマンで、奥さんも彼女もいなくて、三カ月同棲して、結婚しようって言ってくれた。あたしのこと、全部受け入れてくれて、ダメ出しなんかしなかった。たとえ料理が平凡でも。言ってくれたんだ。田舎《いなか》に一緒に行こうって。あたしの母親と、父親の家にも挨拶《あいさつ》に行こうって。あたし舞い上がって、新居の手付金渡して、それから、彼が結婚を機に今の会社から独立してコンサルタント会社を立ち上げたいからって、言われて」

話がどんどん怪《あや》しい方向に流れてゆく。相馬は顔をしかめた。

「いくら融通《ゆうずう》したの」

「五百万くらい。十八から、こつこつ貯めてたお金全部。当座と、普通口座にあった生活費まで。結婚したら一緒の財布だし、もちろんすぐに返すって」

そのまま男はいなくなった。どこを探しても痕跡さえ見つけられなかった。つまりこれがいわゆる詐欺《さぎ》だと気づき、認めるまで、時間がかかった。その間椿は、男を探し歩き、仕事を失い、気力を失い、金を失い、住む家を失ったというわけだ。

「あたしっていつもこうだよ」

椿の声が震える。

「拾われて、捨てられる。全部向こうの都合で。奪われる。でも本当に、もう何も残らなくなっちゃった」

相馬は、椿が布団の中で泣いていた時のことを思い出す。背中を丸めて猫のようだった。椿はただ、無条件に自分を受け入れてくれる誰かの温《ぬく》もりを欲《ほっ》していただけだ。でもだからこそ、そこにつけ込まれて利用され、搾取《さくしゅ》されたのだろう。

「それで、やけ酒か?」

相馬が聞くと、椿は首を振った。

「みんなが昨日、すごく嬉しそうにそのお酒の話をしてたから。右京くんが、みんなに祝ってもらえて、幸せそうだったから。誰かが楽しみにしているものを、奪って、めちゃくちゃにしてやりたくなったの。八つ当たりなんだ。ほんと、最低だって分かってるけど……」

「そうか」

相馬は静かに言って、いったん厨房へ行った。いろいろと見繕《みつくろ》って、ストーブのところまで戻る。椿は、トレーの上のずんぐりとした素焼きの瓶を見て、目を丸くした。

「それって」

「これも日本酒。なかなか手に入らないやつでさ、前に偶然買うことができたから、こっそり取っておいたんだ。そんで、こっちは……」

ストーブにかけた鍋の蓋《ふた》を取る。湯気が上がって、匂《にお》いがふわりと広がった。椿は目を瞬《しばたた》いて鍋を覗《のぞ》き込む。

「さっきからいい匂いすると思った」

中身はおでんだ。週末の夜のために仕込んでおいた。牛すじを使い、練り物は少なめで、こんにゃく、巾着《きんちゃく》、たまごなどがひしめき合っている。相馬はそれらをまんべんなく皿に入れて、椿に渡した。自分の分も同じようによそい、箸《はし》をつける。

そのまま、しばらく無言でおでんをつついた。椿が、やがて、しみじみと言う。

「あたし、相馬さんのご飯、やっぱり好きだなあ」

相馬は笑《ほ》う。

「最高の褒め言葉」

「あ、顔もね？　好きよ。目がいいんだもの。切れ長なのに、あったかい感じで」

「それは、初めて言われたな」

椿は赤くなっている鼻をすすって、えへ、と照れ臭《くさ》そうに笑った。

「あたしねぇ、実は、相馬さんとしばらく暮らして分かったことがあるんだ」

「なに？」

「相馬さんは、あたしと違って、たくさんの人から愛されてるし与えられている人だって言ったでしょ？　でもそれは、あなたが同じかそれ以上のものを、誰かに与えているからなんだって。奪われてるんじゃなくて、自《みずか》ら、与えているんだって。だから、素性《すじょう》の怪しいあたしなんかも、こうして家に入れてくれたんだし」

相馬は黙って聞いていたが、立ち上がり、今度は鍋の底の方から、よく煮えた大根をすくい、椿の器《うつわ》に入れた。

「椿ちゃんさ。俺、おでんって好きなの」

相馬は自分にも同じものを取って、言った。

「いろいろ具材詰め込んでるけど、出汁《だし》も使うけど、最終的には全部の具材が渾然《こんぜん》一体となってさ、すげーいい味になる」

「……うん。すごく美味しい」

「俺も椿ちゃんも、同じじゃない？」

「え？」

「生きてきて、まして、母子家庭でその辺の苦労もあったりしてね、辛《つら》くて悲しくて悔しいことといっぱいあったとしても。俺も椿ちゃんも、その記憶だけで作られてるわけじゃない。幸せなこともひとつやふたつ、絶対にあって、その両方で俺たちはできてる」

「幸せなこと……」

椿は考え込むふうだった。相馬は箸を動かしながら言う。

「誰かに奪われてばかりの人生だって言ったけど。与えていることもある」

「あたしが？　なにを？」

「俺のことは気づくのに、自分が与えているものは分からないんだなあ」

相馬が笑うと、椿は思いつめたような顔で相馬を見つめる。

「分からないよ。だってあたし、何も持ってないもの」

椿はそれを言う。出会った最初から、ずっと、何も持っていないのだと。でもそんなことはなかった。

「持ってるよ。掃除、いつもきちっとしてくれただろ？　フキンの煮沸消毒なんて、俺も他の連中も、やらなかったからさ。助かったし、勉強にもなったよ。味噌汁は確かにうまいしね、あとはなんといっても……笑顔とか」

「笑顔？」

「自分で知らないだけだ。椿ちゃん、優しい顔して笑う。それは、海斗たちも言ってたよ」

椿の目に、涙が盛り上がる。すぐに頬を伝い落ちて、トレーナーに染《し》みを作った。相馬は震える椿の両手からいったん皿を受け取り、静かに肩を抱き寄せた。椿はそのまま、しばらくの間、声をあげて泣いた。

いつもの夜のような、布団の中で自分を押し殺すような泣き声ではなく、まるで幼い女の子のように。

中学生くらいの、少女のように。

やがて嗚咽《おえつ》が止まる頃、椿は呟くように言った。

「……おばあちゃんが」

「うん」

「台所のことにきちんとした人で。よく、手伝わされて。厳しいけど、怖いけど……優しい時もあった」

「そうか」

「お手伝いすると、こたつのところに手招きして、茶箪笥《ちゃだんす》の引き出しから、飴《あめ》を出してくれる。水色とか、黄色、ピンクの、綺麗な色で、大きくて、砂糖がいっぱいついてて」

椿ではなく妹を引き取ったという祖母と父親だが、椿の方は、祖母が好きだったのだろう。フキンだけではない。椿は、茶碗の糸底《いとぞこ》まで丁寧《ていねい》に乾拭《からぶ》きするし、リンゴの皮で鍋の黒ずみを磨いたりする。味噌汁は、それこそ丁寧に出汁を取って作っている。それらは祖母に叩き込まれたものなのかもしれない。

「あたしも、誰かに与えることができる？」

椿がそっと聞き、相馬は頷いた。

「そういうのは、奪われるものと違って、減らないだろ？　ずっと自分の中に残っているものだろ？」

祖母の教えも、椿の優しい笑い方も。椿は相馬からそっと離れると、おでんの続きを食べ始める。相馬は、瓶の中の酒を小さなグラスに注いで、彼女に渡してやった。

「……綺麗」

相馬が出したのは、いわゆる熟酒《じゅくしゅ》と呼ばれるものだ。椿が半分を地面に飲ませた金沢の大吟醸酒とは違い、こちらは長年寝かせた古酒で、色も琥珀《こはく》がかって、とろりとしている。

一口飲んだ椿は、吐息を漏《も》らす。

「なんか……すごく、おでんに合うねえ」

ドライフルーツやスパイスのように芳醇《ほうじゅん》で濃厚な香りの熟酒は、味の濃い和風料理によく合う。単純明快ではなく、後味スッキリ系でもなく、ひたすら複雑で、奥が深い。おそらく飲んだその時によって、合わせる料理によって、全然違う味わいになる。

おでんを自分たちにたとえた相馬だが、さすがにこの熟酒と同じ境地に達することはできていない。この酒にたとえるには、まだまだこの先を生きなければならないのだ。

相馬も、椿も。

それから相馬は、椿とふたりで、おでんを肴《さかな》に酒を酌《く》み交わしながら、互いの昔話をした。椿はもう泣かなかったし、相馬も心は穏やかだった。

椿が出ていったのは、右京の誕生日パーティの翌日だった。早朝、相馬は玄関の扉がからりと開く音で目が覚めた。

なんとなく予感はあったので、驚きはしなかった。前日、パーティーのあと、椿はやけに念入りに、あちらこちら掃除をしていたからだ。ちなみに金箔入りの酒が飲めなくなったことに関しては、誰も文句は言わなかった。代わりに澤田《さわだ》が、椿を相馬に面倒見てもらった礼と言って、別の銘酒《めいしゅ》を差し入れしてくれていた。

その朝、相馬が階下に降りてゆくと、ぴかぴかに磨き込まれた厨房に、ひんやりとした空気が漂っていた。カウンターの端に、手紙が置かれていた。

「たくさんもらいました。また、来ます」

相馬は手紙を手に、表に出てみた。朝靄《あさもや》の中に、華奢な背中を見つけることはもうできない。すると電柱の陰から、か細い声が聞こえた。

顔をしかめ、しばらく、そのあたりを睨《にら》んでいた。するとまた、聞こえる。

やれやれ。

相馬がしゃがみ込むと、電柱の陰から出てきた小さくて真っ黒な猫は、ぎこちない仕草で相馬の足に体をこすりつけてきた。

毛はボサボサで、痩《や》せこけ、耳の後ろが切れて血がこびりついている。金色の目は大きいが、片方は目ヤニで半分ふさがっていた。

「うち来るか？」

掠《かす》れた声でにゃあ、と返事をされてしまえば、仕方がない。相馬はひょいと子猫を抱え上げると、家の中に入った。

響野夏菜

父の日

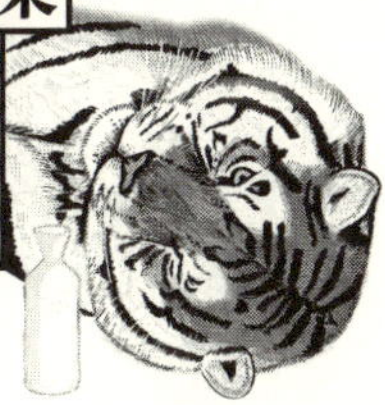

そろそろ、父が訪れる時刻だ。

スマホの時計を確認した山路一花《やまじいちか》は、キッチンで呼吸を整えた。

毎月七日は父・英作《えいさく》が、日本酒を飲みに一花の部屋に寄る日なのである。

居室兼リビングの丸テーブルには、刺身の盛り合わせと肉豆腐が並べてある。目の前のグリルでは、大粒の蛤《はまぐり》が汁をこぼし、時折ジュッと音を立てている。

日本酒はと言えば、小さな冷蔵庫の中で出番を待っている。

肴《さかな》、よし。酒、よし。よしのはずだ。……たぶん。

ガチャンと、玄関のほうから音がした。父だろう。

「ほう。いい匂《にお》いじゃないか」

部屋に現れた英作は、開口一番そう言った。蛤は正解だったようだ。

母に聞くまで、父の好物とは知らなかったけれど。

「いらっしゃい。お父さん、蛤にかける醬油《しょうゆ》って、盛りつけてからがいい？　焦《こ》がす？」

一花は訊《き》いた。参考にしたレシピには「最後に醬油をかける」とだけあったが、以前、上司にごちそうしてもらったお店の蛤は、醬油が香ばしかったように記憶している。

薄いグレーのブルゾンにスラックス姿の英作は、テーブルの前でどっかりとあぐらをかいた。

「盛りつけてからかけてくれ。焦がすなんて芸当、おまえにはできんだろう」

ひとこと多いんですけど。

一花はむっとしながら従った。図星なのが、余計に癪《しゃく》に障《さわ》るのだ。

「ご飯、つけてくれ」

蛤を盛りつけて運ぶと、英作が言う。父は昔から、晩酌《ばんしゃく》に白飯を欲しがる。食べるのは飲み終わってからのくせに、はじめから並んでないと落ち着かないらしい。

けれど、一花は聞こえなかったフリをして、冷蔵庫から酒瓶を出してきた。

「今日のお酒は、なんと純米大吟醸《じゅんまいだいぎんじょう》です」

英作の反応は薄かった。聞いていたという証拠に軽くうなずいたきり、しきりに料理を気にしている。

まあ、予想していたことではある。父はそういう仕様だ、と言ってもいい。

「精米歩合は三〇パーセント、日本酒度は＋三だって」

一花はラベルを読んだ。英作につきあうようになって、精米歩合が原料米をどれだけ削ったかの数値、日本酒度が辛口《からくち》、甘口の指標であることを覚えた。

「そうか。ご飯をつけてくれ」

聞き流された一花は、炊飯器を開けるとシャモジを乱暴に突っ込んだ。

ご飯、ご飯って。うちにはお酒を飲みに来たんでしょうに。

どうでもいいが、ご飯を「つける」という言い方も一花にはなじまない。実家の辺りではご飯は「よそう」ものである。どこで覚えてきたのやら。

「はい、お父さん。ごはん」

大ぶりの茶碗を差し出すと、英作は笑顔になった。さっそく箸《はし》をとり、合掌《がっしょう》して食べ始める。

まっさきにかぶりついたのは蛤だ。はふっ、はふっと熱を逃がしながら、美味《うま》そうに口を動かしているのを、一花は奇妙な気持ちで眺めた。

おっと、お酒。

我に返ってグラスに酒を注いだが、英作が次に手を伸ばしたのは刺身だった。

「うん。いい刺身だ」

褒《ほ》めてもらって恐縮だが、それはスーパーの特売品である。

「肉豆腐も美味いな」

どうもありがとう。一〇〇グラム一〇八円の豚挽肉《ひきにく》と、一丁八〇円のお豆腐です。

「お父さん、お酒」

業《ごう》を煮やした一花は促した。英作はちらりとグラスを見る。まるで食事の途中に薬湯《やくとう》でも差し出されたような顔で。

「ああ、うん」

英作は肉豆腐の器《うつわ》を置き、左手をグラスに伸ばす。箸はそのまま。

それがすでに、なにかを物語っているように思う。

英作は酒を一口含んだ。やっとのように飲み下して、一花をにらむ。

「飯と合わん」

感想はそれだけだった。


「ひどくない？　ひどくない？　ひどくない？」

翌日、金曜日の夜。食卓にしていた丸テーブルを抱《かか》えるようにして、一花は訴えた。

話を聞いているのは磯村龍矢《いそむらりゅうや》だ。二つ上の、会社の先輩。黒縁《くろぶち》の賢そうな眼鏡。部署は違うがフロアが一緒で、なんとなく顔見知りになって、なんとなく付き合いだした。

交際歴は四年。将来の話も出始めている。

「『飯と合わん』って、こぉんなに口をひん曲げてさ。それきり見向きもしないの」

上体を起こして大げさな顔真似をする一花に、龍矢は神妙にうなずく。

「純米大吟醸だよ？　お米だって削りに削りまくった三〇パーセントだよ？　むしろ主役はこっちなんですけど！」

こんなことを言うのはナンだが、金額だって張り込んだ。七二〇ミリリットルで五千円を超える酒を買ったのは、人生初である。

龍矢が訊いた。

「一花ちゃん。お酒って、まだ残ってるよね」

「あるよ。あるある。売るほどじゃないにしろ、ある」

一花は冷蔵庫から酒を引っぱり出してきた。

グラスに注ぐと、龍矢が興味深そうに掲《かか》げた。硝子《ガラス》越しに、眼鏡が映る。

一口飲んで、龍矢は目を瞠《みは》った。

「美味いよ。香りがふわっと抜けてく」

「だよね！　わたしも昨日、飲んで思った。すんごくいいお酒なのに」

「料理は、どんなのを出したの？」

「お刺身と肉豆腐と、蛤のグリル。お醬油垂らしたやつ」

龍矢は考え込みながらグラスを口に運ぶ。

「――お刺身と蛤は合うんじゃないかなぁ」

「合ったよ。肉豆腐でも、すっごくじゃないけど普通には美味《おい》しかった」

「うん。もしかして、野菜炒《いた》めでもいけるかもしれない」

想像した一花は同意した。

「いちおう、ネットやレシピ本も参考にしたから、そう外れないはずなんだけど」

「気に入ってくれない」

むっつり一花はうなずいた。父ときたら、あれを出してもダメ。これを出してもダメ。

――父がふらりと現れたのは、半年前だ。

なんの予告もなく、突然だった。もっと言えば、一花が実家を出て以来、九年で初めてのことである。

『お父さん、こんなところまで来て、まさか迷子にでもなったの？』

混乱のあまり、そう口走ったのを覚えている。

だが英作はそれを否定すると、ごく当然のように娘の部屋に上がった。テーブルを前にして座り、一花にも座るよう促すと真面目《まじめ》な顔で言った。

『今日は一花に頼みがあるんだ。お父さんに、美味い酒を飲ませてくれないか』

はい？　と尻上がりな口調で問い返した記憶がある。

帰省したってほとんど会話しなかったような仲だったのに、なんでまた？

『どうしちゃったの、お父さん。もしかして、なにか不満？　それとも困ってる？』

一花はいくども訊《たず》ねたが、はぐらかされた。英作は酒を飲ませろの一点張りなのだ。

「最初の時はさ、しかたないからコンビニに走ってワンカップ買ってきたんだよね。だけどちゃんと、わたしが実家にいた頃、父が飲んでた銘柄《めいがら》を選んだんだよ」

それなのに、父の感想は「なんじゃこりゃ」だった。

いや、あなたが好きだったメーカーです。昔はお母さんと週末ごとにリカーショップに行って、ケース買いしてたじゃないですか。

そう思いながらも、唖然としすぎて言葉が出せなかった。英作はそんな娘に向かって
「やれやれ。また来月来る」と言い残し、来た時同様、ふいっと去ったのである。

それがその月の七日のことで、以来、毎月七日は「父の日」となった。

意味がわからない。本気で、意味がわからない。

父はなにがしたいのだ、と思う。いや、美味い日本酒が飲みたいのだ。その要求はわかったが、「なぜ」「いま」「一花に」の三点が理解できない。

お母さんに頼めばいいじゃんよ。

三度目のダメ出しの際、そう言ってみたが聞いてはもらえなかった。

母のほうも諌《いさ》める気持ちはないらしく、「そのうち飽きるだろうから。しばらく好きにさせてあげて」と一花をなだめるばかりで話にならなかった。

「二度目の時は、デパートのリカーコーナーで買ったんだったよね」

一花の話に耳を傾けていた龍矢がおさらいした。

「うん。だって、ぜんぜん知識なかったし。名前のインパクトで選んだら、甘すぎるって言われて」

「だから、三度目は淡麗辛口にしたんだっけ」

「そう。そうしたら今度は『味がしない』って言われて、だったら、って香りが高くてし

っかりした飲み口のを選べば、『菓子みたいだな』って捨て台詞《ぜりふ》」

龍矢に相談したのは、その次、五度目からである。

「俺が勧《すす》めたのも、あんまり好みじゃなかったんだよね」

実際は、あんまりどころではなかった。酷評すぎて、龍矢には控えめな表現でしか伝えられていない。

「難しいなぁ」

龍矢がワインのようにグラスを軽く回すと、ふんわりと甘い香りが立った。ちょっと夢見心地になるようないい香りなのに、昨日のあれはない。

悔しさから、一花は言った。

「次は、肴を用意するのやめようかしら」

「だけどおとうさん、呑む時はご飯がほしい人なんだろ？　ヘソ曲げて帰っちゃったりしないか？」

しないとは言えない。むしろ、その光景がまざまざと浮かんだ。

「いやべつに。あの人がヘソ曲げて来なくなるならそれで、わたしはいいんだけど」

意地を張ると、龍矢の両眉が上がった。やんわりと異を唱えるかわりのしぐさである。

見透かされているようで、一花はたちまちばつが悪くなり付け足した。

「っていうか、それはそれで後味悪い……かな」

「よし。じゃあ、『太陽作戦』で行こうか」

とうとつな提案に一花は目を剝《む》いた。

「太陽ってもしかして、『北風と太陽』の太陽?」

「それ。肴を用意しないいんじゃなく――」

意を汲《く》んだ一花は龍矢の台詞を引き取った。

「その逆の、好物尽くし? だけど、父の好物なんて、わたし全然知らないし」

昨日の蛤だって、母との世間話で知ったくらいだ。

「そこはおかあさんに訊くんだよ。おとうさんのことを、一番よくわかってらっしゃるだろうし」

「そうかもしれないけど、母を頼ると『一回帰ってらっしゃい』『いっしょに作ってみましょうか』とか、あれこれ張り切られそうで面倒」

ミドルネームは「世話焼き」。それが母の華子《はなこ》だ。一花が遠方に進学、就職した一因はそれである。

「父が定年退職した直後だって、すごかったんだから。父のことをずっと見張ってて、ちょっと辺りを見回しただけで『なに? なにが必要なの?』って」

辟易《へきえき》とした英作が、ペットショップから子犬を連れ帰るまでに、そう時間はかからなかった。

「一花ちゃんは大変だろうけど、でも、やっぱりおかあさんも巻きこんだほうがいいんじゃないかな」

「えー。龍矢くん、それ本気?」

「うん。俺なら、配偶者が自分通り越して子どもにかまい始めたら、ちょっとショックだ」

「そうかなぁ。おかあさん見てると、そうでもなさそうな。でもやっぱり寂《さび》しいか」

表に出さないだけで、ひそかに疎外感を覚えている――というのはあり得る。

「じゃあ、七回目は協力してもらってみようかな」

一花の言葉に、「それがいいよ」と龍矢がうなずいた。

眼鏡の奥で細くなった目が、一花はとても好きだ。

ほほえみ返すと、龍矢が優しい顔をした。

「年末くらいには、おうちに挨拶《あいさつ》に行けるかな」

心臓がどきんと音を立てた。いまは二人の間だけの約束が、動き始めるのだ。

「年末とか言わないで、もっと早くに来てほしいのに」

照れくさくて目をそらすと、龍矢の笑い声が耳に届いた。

「だめだよ。そりゃ俺も行きたいけど、物事には順序ってものがあるんだから」

そんなの、わかってる。

「でもその間に、俺、資格試験頑張るし。上手《うま》くいけば昇進できるから、そのほうが、ご両親も安心なんじゃないかな」

「うちの親、肩書きとか年収とかは気にしないと思うけど」

「じゃなくて、ごめん。言い換えさせて。肩書きつけてからだと、俺が自信を持って挨拶に行けるから」

正直さに一花は笑いだした。

「そこまで気負わなくってもいいのに」

「いや気負うでしょ？　一生に一度のことだよ？　ちゃんと一花ちゃんにふさわしい男だと思ってもらいたいし」

「それ逆だよ、逆。お父さんなんかきっと、わたしのこと『どうぞどうぞ持っていってください』とか言う人だよ」

力説した一花は、ふっと口をつぐんだ。そうだった。

「って、いまはそんなことより、次回のお酒を考えないとだよね」

話を戻した一花は、枕元に置いていた日本酒のガイドブックを手にした。もう何度も読んでいて、これはというものには付箋《ふせん》をつけてある。

「一花ちゃんがそれ見てる間、俺、台所を借りてもいい？」

龍矢が立ち上がった。もう、小さなキッチンへと歩きだしている。

「いいけど、どうするの？」

「夕食は野菜炒めにして、せっかくのお酒を楽しもうよ」

ひとり暮らしの龍矢は、ひととおりの家事ができる。料理などは、一花よりも得意かもしれない。

龍矢は冷蔵庫を開けて、食材を確かめた。

「お。キャベツと豚バラ。ちょっと胡椒《こしょう》を利《き》かせてスパイシーにしようか」

聞いているだけで生唾《なまつば》が湧いてきた。

「卵焼きも食べたい」

「うん、いいね。濃いめの出汁《だし》で味つけよう」

「手伝うよ、龍矢くん」

一花はガイドブックを放り出した。キャベツを刻み始める龍矢の隣で、ボウルに卵を三つ、丁寧《ていねい》に割りほぐす。


父の好物は酢豚である。それから鯖《さば》の味噌煮にカラスミ。

カラスミを知らなかった一花は検索し、その値段にウッとなった。いいお酒に加えて、お高い珍味。食卓に並べてみたい気もするが、それをやるとそろそろ買わなくてはいけないファンデーションのランクを、三つくらい落とさなくてはならないだろう。

しがないOLである自分には無理だ、と選択肢から外し、酢豚と鯖の味噌煮を母に習うことに決める。

連絡を入れ、片道二時間かけて埼玉の実家に帰省すると、フレンチブルドッグのハリゾーが短い尾を振って出迎えてくれた。

しかし、毛の色が記憶とどうも違う。

もっと白くて耳にぶちがあったような――と薄灰色の顔をながめていると、ハリゾーがふいに胴震いをした。

全身から、煙がもうもうと立ちのぼる。

「うわっ。ちょっと、お母さん？」

「一花？ よかった、ハリちゃんつかまえて。ハリちゃんがいま、お仏壇の灰をひっくり返しちゃったのよ」

廊下の奥の和室から華子の悲鳴じみた声が聞こえた。ああもう、なんてこと、とひとり言がにぎやかだ。

「おまえー。お父さんに怒られるよー」

にらむ真似をしたが、ハリゾーはどこ吹く風だ。

「お母さん、ハリゾー洗う？」

というか、これは洗うしかないだろう。

一花は荷物を靴箱の上に置くと、そのまま浴室に直行した。

「ハリちゃん用のシャンプーは、洗面台の下の物入れねー」

廊下から、華子の声が飛んでくる。母自身は階段下の収納から、掃除機を引っ張り出しているようだ。

ジーンズの裾《すそ》をまくった一花はハリゾーを洗った。華子はその間に和室に掃除機をかけ、ハリゾーの足跡のついたフローリングを拭《ふ》いて回ったらしい。

ハリゾーをタオルでくるんで浴室を出ると、部屋はすっかり片付いていた。仏壇の住人への詫びのつもりなのか、華子があげた線香の香りが辺りに漂っている。

リビングでハリゾーを華子に渡した一花は、襖《ふすま》で隔《へだ》てられた和室に入った。

帰省のあいさつとして、線香に火をつける。

「コーヒー、入ってるわよ」

呼ばれた一花はリビングへ戻った。中学生時代から愛用のマグカップに、コーヒーがなみなみと注がれて運ばれてくる。

「ありがとう」

「酢豚と鯖の味噌煮のことなんだけど。あなた、お父さんに作るつもりなの?」

ダイニングテーブルの定位置に腰を下ろすなり、華子が訊いた。

一花は口をぽかんと開けそうになる。今日の帰省理由をあらかじめ伝えてあるにもかかわらず、その切り口で会話を始めるとは。

しかし、母はそういう人である。健在ぶりが、半分懐《なつ》かしく半分鬱陶《うっとう》しい。

「電話でそう話したじゃん。教えてくれるって言うから、わたし帰ってきたんだけど」

「だったら、一応は教えるけれど。でも気に入るかしらねぇ、お父さん」

はい？　なんだって？

一花はカップに伸ばしかけた手を止めた。母はなにを言いだしたのだ。

「だってねえ。お父さん、酢豚と鯖の味噌煮が好きだけど、お夕飯に出すたびに気に入らなくって」

どちらの料理も、味つけの過多についてダメ出しばかりされてきたという。

「おまえの酢豚と鯖の味噌煮はなんか違うって、いつもけなされて。もうほんっと悔しくて、二度と作るもんかって何度思ったことか」

つっこみどころが多すぎて、一花は頭痛がしてきた。

「ねえ、そういう情報、なんで電話で教えておかないわけ？」

「そんなこと言ったって、お父さんの好物は酢豚と鯖の味噌煮なんだもの」

「じゃなくて、話の趣旨《しゅし》を読もうよ。例の月イチのやつの肴に出すんだって言ったでしょ」

父好みでないレシピの酢豚や鯖の味噌煮を作って、どうしろというのだ。

「いや、そうかなとは思ったのよ。だけどもしかしたら、一花が作ればお父さんも気に入るかもしれないなあって」

そんなことあるかい、と一花は母を呆《あき》れてにらんだ。

「あのさあ、お母さん。あのお父さんだよ？」

家族にはひたすら無愛想。褒められた記憶なんて、片手で足りるだろう。

「そうよねぇ」と同意する母に、一花はため息をつきたくなる。

今日、龍矢くんちへのお泊まりをキャンセルさせてもらって帰省したんですけど……。

「じゃあ、お父さんに美味しいって喜んでもらえたものを教えてよ」

一花は気を取り直して訊ねた。しかたない。こうなれば、次善策で行くしかない。

「そうねえ。——大福とか」

「スーパーで買ってきたおやつじゃなくて、評判のよかった料理名を教えてってば」

「そんなの、なかったんじゃないかしら」

「もう、お母さん！」

一花が抗議の声を上げると、華子が遮《さえぎ》った。

「だって、そういう人じゃないのお父さんって。こっちがいくら尽くしたって、わかってるんだかいないんだか。テレビに釘付けで生返事ばっかり。——いまだって、一体どこでなにをしているのやら」

耳を澄ますと、ハリゾーがダイニングテーブルの下でせっせとタオルを嚙み裂く音と息づかいだけが聞こえてくる。

もしかして母は愚痴を言いたくて娘が帰るに任せたのではないかと一花は危ぶんだ。

その一方で、龍矢の言葉を思い出す。

『配偶者が自分通り越して子どもにかまい始めたら、ちょっとショックだ』

そうかもしれない。だって普段、家には寄りつきもしないくせに、毎月七日は娘のもとへは顔を出すのだ。

「いっそさぁ、今度の七日はお母さんが来てくれるっていうのはどう？」

誘うと、華子は顔をしかめた。

「ハリちゃんいるのに、どうやって？　だいたい一花のところ、ペット禁止でしょう」

「そうだけど、一日くらいなんとかなると思うし、じゃなければ、獣医さんのところにお願いするとか」

ハリゾーのかかりつけの動物病院には、ペットホテルが併設されている。

「そんな、緊急時でもないのに？　ハリちゃんがかわいそうじゃない」

むきになって反論されると、もうなにも言えない。

べつにわたし、ちょっと気持ちを慮《おもんぱか》ってみただけなんですけど。

遊んでいたハリゾーがリビングを出ていく。カチャカチャと爪音が向かうのは玄関のようだ。三和土《たたき》に置かれたトイレだろう。

後始末のために、華子がすぐに追った。あれやこれやとハリゾーに声をかけるのが聞こえる。

父の所行はともかくとして、ハリゾーを山路家に迎えたのは正解だったようである。

夜、一花は華子に教わりながら酢豚を作った。

鯖の味噌煮は、明日の課題である。

華子の酢豚のレシピはまず、豚肉を素揚げにしておく。切った野菜を炒め、甘酢あんをからめて素揚げ肉を合わせるという手順だった。

よくあるレシピの一つに思えた。甘酢あんも、いかにも家庭料理という味つけだ。

酢豚好きなら普通に美味しい、というのが一花の感想だった。

父はなにが気に入らなかったのやら。できたてを頬張りながら、首をひねった。

「もしかして、お父さんが酢豚を貶《けな》したのって、難癖《なんくせ》という名のコミュニケーション？」

ふとそんな気がした。

向かい合わせに座った華子が、眉間《みけん》に皺《しわ》を寄せた。

「じゃあ、甘いの酸っぱすぎだのって、あんなに振り回されたお母さんはなに？」

なんだろう。迂闊《うかつ》なことを言うと爆発されそうで、一花は口をつぐんだ。

「ああもう！　明日の鯖味噌、作りたくなくなっちゃったわ」

華子は香ばしい豚肉の塊《かたまり》を、箸で仇《かたき》のようにほぐした。

「あの人ったら、なんで『これ美味しいね』『ありがとう』って会話ができないのかしら」

それは「父だから」だろう。意地っ張りのへそ曲がり。


「山路さんさ。そろそろマズいからね」

ふいに耳許《みみもと》でささやかれ、一花は心臓が止まりそうなほど驚いた。

警告してきたのは、同じ課の女性上司である。

とっさに膝《ひざ》に伏せたスマホが滑り落ち、リノリウムの床で音を立てた。

うつむいた顔が、耳まで赤くなる。就業中のスマホは、原則禁止だ。時折確認する程度は黙認されているが、仕事のフリをしながらのネット閲覧《えつらん》はアウトである。

「さすがにさ、こう毎日だと見過ごせないよね」

上司の口ぶりからすると、以前からマークされていたようだ。

「すみません」

非は一花にある。ただ頭を下げるしかなかった。

「――日本酒？」

拾い上げたスマホの画面を確認した上司は、意外そうな顔をした。ＳＮＳに夢中になっているか、ファッションの通販サイトでも見ているとと思っていたのだろう。

「すみません。その、父になにかと思って――」

ボソボソと言いわけすると、険しかった上司の顔がいくぶん和《やわ》らいだようだった。

「なんだったら、今度、美味しいお店に行ってみる？」

「お詳しいんですか？」

天の助けとばかりに一花は訊いた。父の七度目の来訪に、母直伝《じきでん》の酢豚と鯖の味噌煮にキレのいい純米酒を合わせて敗北し、打つ手がなくなりつつあったのだ。

上司は、目元に皺を刻んで言った。

「詳しいかはともかく、けっこう好きでよく飲みに行くからね。ええっと、わたしの予定は――直近だと明日なら大丈夫だけど、どう？」

「明日ですか」

金曜の夜は龍矢との約束がある。けれど、と一花は瞬間的に天秤《てんびん》にかけた。このまま約束をすれば見逃してもらえそうな空気をとるか、別の日を提案するか。

「明日は、大丈夫です」

一花は言い切った。心の中で龍矢に詫びる。

昼休みに顔を合わせた際、一花は龍矢を拝《おが》み倒した。

「ほんっとうに、ほんっとうにごめんね、龍矢くん！」

「いやまあ、あのひとに誘われたならしょうがないけど――」

上司が酒豪であることは広く知られている。誘いを断ると、その後の仕事がやりにくくなる噂《うわさ》もあった。

「でもさ、一花ちゃん。勤めてる以上、急なキャンセルはしょうがないけど、次回は事後承諾《しょうだく》じゃなくて相談してくれないかな」

「え、あ――」

とっさに返事が出来なかったのは、龍矢も周囲の上司評を知っているはずだからだ。

今回は一花と上司の利害が合ったわけだが、基本的に拒否は出来ない。

「返事を、いったん保留にすることくらいは大丈夫でしょ？　さすがに俺も、それ断ってよとは言わないからさ」

要はマナーの問題だ、と言いたいらしい。

「わかった。ごめんね。次から気をつける」

再び手を合わせると、龍矢はほほえんだ。

「なにか、いいお酒を教えてもらえるといいな」


本日のメニューはほどよく冷やした発泡タイプにアサリのバター酒蒸《さかむ》し。冷や奴《やっこ》のミョウガ添え。

アサリは昨日、GW最終日に龍矢《りゅうや》と潮干狩りでとってきた新鮮なものである。

もちろん、充分に砂を吐かせてある。バターも、料理酒も吟味《ぎんみ》した。

さあ来い、と父を待ち構えるつもりが、連休明けの七日は目の回るような忙しさだった。

二時間の残業後、必死に急いで帰ると、父が玄関前に立っていた。

「お父さんごめんね」

入っててくれてもよかったのに――と続くはずの言葉は、英作《えいさく》のぶっきらぼうな問いに消された。

「いつまでほっつき歩いてるんだ」

一瞬、高校時代に戻ったように錯覚した。友だちと別れて機嫌良く帰ってくると、よくこんなふうに水を差されたっけ。

「残業。仕事」

鍵を開けながら、一花《いちか》もむすっと返した。

いつまでも、子ども時代で時間を止めないでよ。

母になら吐き捨てられる言葉が、父には言えない。その先が予想できないからだ。

父とは、そんな風に距離がある。

「いま、ご飯作るから。適当に座ってて」

トートバッグをベッドの上に放り出した一花は、身支度してキッチンに立った。

「先に、お酒飲んでる？」

間が持たなかろうと勧めてみたが、無視された。

いつものことだと思いつつも、ミョウガを洗いながら心が冷える。自分はなんで、父の希望に沿おうとしているのだろう。

一生懸命仕事を終わらせてきたのすら、馬鹿らしく思えてくる。

一花はミョウガを刻んだ。包丁を動かしながら、ふいにひやりとして手を止めた。

間一髪。人さし指の爪先《つめさき》に刃が食いこんでいた。

「うわっ」

あやうく指を切るところだった。いつのまにか、ぼんやりしていたのだ。

悲鳴を上げたにもかかわらず、英作は無反応だった。気づいてすらいないのかもしれない。

一花は、亀裂の入った爪をそっと毟《むし》って捨てた。

残りのミョウガは、ざくざくと粗《あら》く刻んだ。中華鍋にバターを落とし、機械的に熱してアサリを炒《いた》める。

白飯をよそい、おかずと一緒に父のもとに運んだ。もう、料理の説明なんてしない。

「――蛤《はまぐり》が混じっているぞ」

酒蒸しを一瞥《いちべつ》した英作が咎《とが》める。

事実、所々に、アサリよりも一回り大きいつるんとした貝がのぞいている。

「昨日、潮干狩りでとってきたものだから。アサリだけじゃなく、蛤もとれる場所なんだ」

「おまえがとってきたのか」

その不服そうな口調は、なんなのだ。

「そうだけど、いけない？」

訊《たず》ね返すと、仏頂面《ぶっちょうづら》が返ってきた。遊び回りやがってとでも言いたそうな表情だ。

遊んでなにが悪いの、と一花は反論したくなる。ウィークデーはきちんと仕事をしている。真面目《まじめ》にやっているつもりだ。給料だってやりくりして、少ないながらも貯金できている。

たまの連休に、近場にレジャーに出かけただけで、そんな顔をされる謂《い》われなんてない。

「お父さんて、いつもそうだよね。人のやることに文句ばっかり」

「なにがだ」

苛立《いらだ》った声に一花は怒りを深めた。

「なにがだ、じゃないよね。帰るのがちょっと遅かったら、ほっつき歩いてる認定。潮干狩りに行けば、無駄遣《むだづか》いしてっていう顔」

英作は冷や奴に逃げた。醤油《しょうゆ》を回しかけ、箸《はし》で割って口に運ぶ。

「自分が仕事人間で無趣味だからって、みんながそうじゃないんですけど」

英作はアサリを小皿によそった。いくつか混じった蛤を、神経質に大皿に戻す。好物のはずの蛤を戻す。それは、一花の生活に対する否定としか受け取れなかった。

「いやなら、アサリごと食べなくていいから」

英作は無言だ。もくもくと箸だけが進む。

テーブルには、封切られもしない発泡酒がぽつんと載《の》っている。

「あのさぁ。なんでうちに来てるの？　お父さんは、美味《おい》しい日本酒が飲みたいんじゃなかったの？」

父の頼みだと思うからこそ、一花だって勉強したのだ。周りにも訊《き》いてお勧《すす》めを教えてもらい、合う料理だって工夫した。

「今日用意したその発泡酒、特別にわけてもらったものなんだよ」

上司の行きつけの日本酒居酒屋のオーナーが、郷里の酒蔵から取り寄せているものなのだ。通販をやらない酒蔵のため、現地で購入するかツテを使う以外は入手できない。

一花は上司に連れられて幾度も店に行き、オーナーに顔を覚えてもらって買えたのだ。

飲み代は上司が持ってくれていたが、時間も気も遣ってきている。

龍矢との約束だって、この一月《ひとつき》で何回見送ったことか。

それらを思い合わせると、この仕打ちはつらい。

「ねえ。嘘でもいいから、一度くらい喜ぶとかナシなの？　そうじゃなければヒントとか」

こう毎回では、お酒だってもったいない。余りは一花が愉《たの》しんではいるけれど、英作の扱いようには罪悪感を覚えずにはいられないのだ。

英作は食事を続ける。まるで聞こえないフリだ。

それが処世術なのは、わかる。わかるが、こっちだって腹は立つ。

「そういう態度なら、もう帰って」

ずっとこらえてきた言葉が、いまにも口から飛び出しそうだった。本当に帰ってしまったら。そして二度と来なかったら。そう考えると言えなかった。龍矢に見透かされた通りだ。どんなに強がったところで、きっと一花は後悔する。

ねえ、お父さん。わたし結婚するんだよ。

結婚したい人がいるんだよ。

年内に、挨拶《あいさつ》に来るって言ってくれてるんだよ。

いまここで打ち明けたら、父はどんな顔をするだろう。

英作の真向かいに座った一花は夢想する。

怒りだす？　聞き流す？　それとも、無視？

これまではどんなだっただろうと、ふと振り返った。進学の時。就職の時。

会話なんてなかったな、と思い出す。父は常に仕事で、平日に見かけることはほとんどなかった。だいたい、休日だっていなかった。ゴルフ、打ちっ放し、ゴルフ。

母もよく我慢してたな、と感心してしまう。

でも、だからこそいまになって訪ねてきたのじゃないのだろうか。

違うのだろうか。

「一花、お酒を注いでくれ」

促され、悶々としていた一花はぱっと顔をあげた。

発泡酒の封を開け、一花は用意していたグラスに注いだ。

シュワシュワと軽やかな音を立てる泡が生まれる。

英作はその発泡酒をていねいに飲んだ。爽《さわ》やかなはずだ。バター蒸しのくどさを洗い流してくれるはずだ。

だが、父の顔には感心も喜びも浮かばなかった。

飲み干してグラスを置くと、父は立ち上がって帰るそぶりをみせる。

「じゃあ、また来月な」

別れの言葉に肩透かしを食った。

「自分からお酒って言ったのに、感想もなしなの？」

美味しかったって言ってよ。美味しいんだよ。そういうお酒しか用意してないよ！

言えない一花を残して、英作は靴を履《は》いた。

「一花ちゃん。来月のお盆、一緒に旅行いかない？」

会社帰りに待ち合わせたカフェで、一花は龍矢にそう誘われた。

一花は目を丸くした。大学進学で上京してきた龍矢の実家は飛行機の距離だ。毎年、その時期は帰省にあてているのを知っているからだ。

「今年は帰らないってこと？」

「じゃなくて、俺と一緒に来てほしいなってこと」

「それって――」

一花のつぶやきに、龍矢がうなずいた。

「時期も時期だから、顔合わせ前の顔合わせみたいな名目になっちゃうけど。秋の終わり頃に一花ちゃんちに挨拶に行くとして、それからうちだと、それだけで年末年始が潰《つぶ》れるし。そうなると両家顔合わせは春頃だろうし、けっこう遅くなるだろ？」

夏のうちに挨拶代わりをすませておけば、両家の顔合わせを年末に設定できるという計画なのだろう。

喜びが胸の中にこみ上げてくる一方で、水を差すような気持ちがよぎった。

「あ、ちゃんとホテルとるよ？　いきなり俺の実家泊とか、ハード過ぎるし」

一花の表情の翳《かげ》りを、龍矢は不安と受け取ったようだ。

だが、違うのだ。

龍矢の出身地に、まず「酒どころではない」という言葉が浮かんだ。それだけで、いまの一花は気が乗らない。

「もし行くなら、寄り道してもいいかな？」

「いいけど、どこ？」

一花が地名を告げると、龍矢は眉をひそめた。出身地と方向は同じだ。けれども寄り道するなら交通手段が新幹線に変わる。時間も金額も大きくなる。

「一花ちゃんがそこに行きたいのは、日本酒目的だよね？」

龍矢でも知っている、最近話題の酒造メーカーの所在地だ。

「うん。ちょっと行ってみたくて。なにかいいお酒が見つけられるかなって」

「だったら、スケジュール的にもお盆はそこだけかな。で、秋の連休か年末に俺の実家、両家顔合わせはやっぱり春、って感じになっちゃうけど」

「しかたないよね」

「え？」

龍矢の冷たい驚きの声に、一花は動揺した。

いま、龍矢くん怒った？

龍矢はおだやかなタイプである。不機嫌な表情さえ滅多《めった》に見せない。

その龍矢が、はっきりと否定的な反応をしたため、一花は慌《あわ》てて思い返す。

わたし、なにか変なこと言った？　龍矢くんの実家にって誘われたけれど、寄り道をお願いして、でもそれは難しいから寄り道の方だけにしようって提案されたから、そうしようかって答えて——。

焦《あせ》る一花の耳に、龍矢のため息が届く。

「もういっぺん、最初から言わないとなのかな？　俺がお盆に誘った理由」

「それは、プレ挨拶みたいな感じで」

この時期にすませておかないと、結婚が後ろにズレこむからだ。

なのに一花は、前向きに真剣に考えてくれた龍矢に「順延でかまわない」と返答したわけである。

「あの、龍矢くん。わたし、そんなつもりじゃなくって」

「そうだよね。一花ちゃんはいま、日本酒のことで頭がいっぱいだしね」

厭味《いやみ》に一花は凍りつく。もしかすると事態は、予想以上に深刻なんじゃないだろうか。

一花は、自身のこの数カ月を見つめ直す。たしかに、デートを断ることも多かった。

とくにここ最近は、龍矢とよりも酒好きの上司の方とプライベートで顔を合わせていたように思う。

「でも。それは。お父さんが」

「知ってる。わかってるよ、俺だって相談にのってるわけだしね」

けれど英作は、龍矢のチョイスを貶《けな》しに貶した。だからと上司を頼ったわけでも、上司のお勧めを英作が気に入ったわけでもないけれど。

「別に俺は、一花ちゃんの飲み歩きを咎《とが》めるつもりはない。だけど、勘違いしてほしくない。おとうさんの希望をかなえることにむきになって、俺たちの間の話をないがしろにするのは違うんじゃないかな」

「わたし、ないがしろになんか――」

反論は尻すぼみに消えた。そう受け取られても仕方のない返事をしたばかりだ。

「ごめんなさい」

うなだれる一花を、カウンターに頬杖をついた龍矢がそっと眺めて訊いた。

「そんなに一生懸命になるくせに、先週、どうしてお父さんに会わなかったの？」

父に酒を饗《きょう》するようになって八度目の七日、一花は半休を取って夕食の準備をすると、父が来る時刻の前にアパートを出た。

押しかけたのは龍矢の部屋である。

『いいの？　待ってるんじゃない？　帰った方が良くない？』とその夜も龍矢に訊かれたが、一花は『いいの』の一点張りで受け入れなかった。

「あの日は、会うのが怖くて」

残業して帰り、厭味を言われた七度目のあとだ。「また来月」なんて気分にはなれなかった。

「顔を合わせれば文句を言われそうで、またそうなったら、取り返しがつかなくなりそうだったし、かといって来ないでとも言えなくて」

逃げたのは一花なりの解決策のつもりだった。

「とりあえず、一花ちゃんがいなくてもお酒があれば問題ないよね的な？」

「うん」

「で、結局、おとうさんはいらしたの？」

龍矢が訊いた。先日顚末《てんまつ》を訊かれた際は、一花はごまかしている。

「わかんない」

そう答えるのが嫌だったのだ。

「父、うちに入れたはずだけど、入ったかもわかんなくて。ご飯やお酒も減ってるような減ってないような」

判別がつかず、罪悪感だけがつのった。まるで父を締め出し、とぼとぼと帰らせたような気持ちになった。

「じゃあ、来月はどうするの？」

訊かれた一花は、目をつぶって首を振る。

「わかんない」

なんの案もなく、覚悟も湧かない。

そもそも先週の逃亡が、父の行動を変えた可能性だってある。

「一花ちゃんって、おとうさんに似てるよね」

苦笑まじりの龍矢に、一花は問い返した。

「顔が？」

確かに写真では、眉毛の太さやベース型の輪郭《りんかく》がそっくりだ。

「じゃなくて。ヘンに意地っ張りなところとか、言葉が足りないところとか」

「わたし、言葉足りてない？」

「時々ね」

龍矢は面白がる表情で、フラペチーノの生クリームをすくった。

「じつは、俺は適当に補完してたりする」

「すいません」

小さくなると龍矢が笑って、生クリームの載ったストローを差し出す。

生クリームにかかったチョコソースが、じんわりしみた。

龍矢はふたたび、生クリームをすくいながら訊いた。

「そもそもさ。おとうさんがお酒を飲みに来る理由って？」

「初めの頃に訊いたけど、濁されてるんだよね」

「それは知ってるけど、一花ちゃんの推理としては？」

「──嫌がらせ？」

考え込んだのちにそう答えると、龍矢が噴き出しそうになってストローを置いた。

「だって龍矢くん。あんなにダメ出しばかりされたら、そう思うって」

早口になる一花を、龍矢は真剣な眼差《まなざ》しで遮《さえぎ》った。

「幽霊になってまで通ってくるのは、娘に会いたいからに決まってる」

一花の目に涙が盛り上がった。

龍矢がうなずく。

「ダメ出しを続けなくちゃ、通う口実がなくなるんじゃないかな。お父さんの中では」

「酢豚と味噌煮──」

一花はつぶやいた。

普通に美味しかったのに、華子《はなこ》のレシピに文句ばかりつけた英作。

あの人ったら、なんで「これ美味しいね」「ありがとう」って会話ができないのかしら。

母の言葉が、一花の耳の奥で蘇《よみがえ》る。

「人って、死んでもぜんぜん成長しないんだね」

「むしろ、死んでからどう成長するんだって突っ込んでいい？」

しごく真面目に答えて、龍矢は続けた。

「嬉しかったと思うよ、おとうさん。娘が、自分のためだけに色々考えてくれて。きっとお酒だって、なんでもよかったんじゃないかな」

そうかもしれない、と答えかけて一花は思い出した。

「いやでも。ほんとのこと言うと、龍矢くんの選んだのはすっごく不評で」

「え、あれダメだったの？」

「いま思うと、こき下ろしたのはそれ一つだけだった――かも」

それを聞いた龍矢が、眉間《みけん》に皺《しわ》を寄せてカフェの天井を仰いだ。

「ああ、そうか。――なんかちょっと、わかった気がする」

「なにが？」

「おとうさん、おそらく俺の存在に気づいてるよ」

そこまで言われて、一花はぴんときた。

「だから、あのお酒だけ貶しまくって、アサリの酒蒸しから蛤だけ戻して――？」

龍矢の選んだ酒。龍矢と行った潮干狩り。

ほっつき歩いていたと決めつけられたのも、それらの前提あってこそだったのかもしれない。

「一人娘だからね」

龍矢は達観したように言うが、一花だってもう二十七である。

「なんかちょっと、父に引導渡したくなってきた」

「引導ねえ」

古い言葉遣いにくすっと笑った龍矢が親指を立てた。

「いいんじゃない?」


時刻が、午後十一時半を回った。

「やっぱり、もう来ないのかな」

一花はスマホの画面を消した。父が訪れていたのは、いつも七時頃だ。

幽霊のくせに、律儀《りちぎ》に玄関から入ってきた。まるで生きている時と同じように、靴を脱いで。

その姿は余りにも鮮やかで自然で、はじめ、一花は自分が夢を見ているのだと思った。

そうじゃなければ、呆然と見送った葬儀のほうが夢だったのだと。

なのに、九回目の今日は、こんな時刻になっても物音すらしない。

「俺のせいかもしれない」

龍矢が顔をしかめた。正装しているのはつまり、彼が「引導」だからである。

「俺、ちょっと出てようか」

龍矢が腰を浮かすと、スーツのズボンがしわしわになっていた。四時間以上も正座し続けていたら、それは皺にもなるだろう。

「龍矢くんは座ってて。もし今夜、父が来なければそれは先月が原因だから。そう思うことにする」

父に挑戦するように、声を大きくした。賭けだ。これを聞いていたなら、気まずくなった父はきっと出てくる。

カタン。

玄関で音がした。龍矢が居住まいを正し、一花も呼吸を整える。

父が現れた。

「遅くなってごめんな一花。お父さん、いろいろあって今日は遅れて」

うそつけ、と一花は応じそうになった。幽霊になんの用事があるというのだ。ていうか、その恰好でバレバレですから。

英作は龍矢と似たり寄ったりの恰好をしていた。つまりスーツだ。

これまでの八回で、スーツなぞ着てきたためしはないのに。

英作は龍矢に会釈《えしやく》した。あたかも予定されていたかのような余裕に、龍矢のほうが浮き足立つ。

「はじめまして。磯村《いそむら》龍矢と申します」

立ち上がる時に、膝《ひざ》がテーブルに引っかかった。転がりそうになるマグカップを押さえた一花の横で、龍矢は名刺を出して挨拶する。

「申し訳ないが、そこに置いてください。なにせわたし、死んでいるもんでね」

受け取りようがないと言いたいらしいが、酒を飲み飯を食べた幽霊はどこの誰なのか。

「あっ、はい。それでは、こちらに」

龍矢は名刺を、英作の席の斜め前に置いた。焦っているとはいえ、龍矢は大物だ。身体の向こうが透けて見える相手に、よく動じずにいる。

龍矢が英作の向かいに正座するのを待って、一花は訊いた。

「お父さん。ご飯、運んでもいいかな?」

「ああ。お願いするよ」

一花は料理を載せたトレーを運んだ。湯葉に枝豆、アオリイカの刺身、白飯。

三人分を並べると、丸テーブルはいっぱいになった。

見ていた英作が、かすかに目を瞠《みは》る。

前回までとは違うからだ。これまで、一花は父の分だけを用意していた。

一緒に食べるという発想がなかったのである。なぜそうしてこなかったのだろうと、いまになって悔やんだ。

グラスを三つと、緑色の酒瓶を食卓に置いた。

「今日のお酒はシンカメ。神の亀って書くの」

ラベルには「神」の大文字に、墨書きの霊亀《れいき》が寄り添っている。

まさに神の亀である。

「これ、蓮田《はすだ》のお酒なんだって」

蓮田は一花の実家がある市の、二つ隣にある。

「作っているお酒は、全部純米酒なんだって。そういう酒造のパイオニアみたい」

「ほう」

感心してみせる英作に、一花は内心呆《あき》れていた。

お客がいると、ずいぶん愛想がいい。

「このお酒ね、わたしと龍矢くんとで選んだの」

どこまで外面《そとづら》よくいられるか試したくなって、一花はわざと言った。

父のこめかみがぴくりとした気がしたが、その表情はまだ柔和《にゅうわ》だ。

一花は神亀の封を景気よく切った。すうっと、爽やかな香りが漂う。

「これ、ほんとうは、おすすめはお燗《かん》なんだって」

「一花じゃ、燗なんてつけられんだろう?」

意趣返しなのか、父が笑う。

カチンときたが、一花は流した。

「うん。だから素《す》のまま。常温にしたよ」

素のまま。一花なりのかけ言葉だった。二十七歳で、働いていて、恋人がいる。

それが、現在の一花なのだ、と。

一花は神亀を注いだ。その時のトクトクという音に、一花はいつもわくわくする。

まず父に、そして龍矢の前にグラスを置く。

「じゃあ、乾杯ということで」

なし崩しにか、英作がそう音頭《おんど》を取った。

「幽霊に」と茶化したくなるのをこらえて、一花はグラスを掲《かか》げる。

父が酒を口に運んだ。一花も続く。

——口の中がしんとした。夜の酒だ、と直感的に思う。気持ちのいい、晴れた日の夜である。これからなにか楽しいことが起こる予感のある、そんな夜だ。

なめらかなのどごしの後に、驚きがやってくる。思わず笑顔になった。

「美味しい」

一花と龍矢は同時に言った。

父はと見れば、すでにグラスを置き、湯葉をつまんでいる。

「お父さん、どう?」

水を向けたが、笑顔でうやむやにされた。選定に龍矢がかかわったと明かしたうえでこの反応なら、上出来なのかもしれない。

けれど、違う。そうじゃない。

「お父さん。わたし、感想を訊いているんだけど」

語気が強くなる一花を制し、龍矢が瓶を取り上げた。

「もう一杯いかがですか」

「ああ。いただこう」

龍矢が注ぐと、父は杯を重ねた。二杯。三杯。

酒は吸いこまれるように消えてゆく。

「幽霊って便利だね」

一花は思わず皮肉を言った。酔いもしない。顔色すら変わらない。

「生きてたって、この状況じゃ酔わんよ」

娘が、正装した彼氏と並んで座っている。

「あの。本日はお話があって参りました。喪中《もちゅう》に不躾《ぶしつけ》かとは思いますが、こんな機会でもなければお目にかかることもできないかと思いまして、失礼させていただきました」

龍矢が床に手をつく。

「一花と結婚するのかな?」

英作の口調に一花は唖然とした。ねえ、ちょっと軽すぎやしませんか?

「そのつもりで交際させてもらっています」

「ああ、そう。どうぞどうぞ持っていってください」

一花は龍矢と顔を見合わせた。本当に言った!

「喪が明けたら、ご実家のほうにも伺《うかが》わせてください」

「そうしてやってください。寂《さび》しくしているうちのが、喜ぶと思うから」

華子の話題が出て、一花はたまらずつっかかった。

「寂しくさせてるの、お父さんじゃない」

配偶者を飛び越え、娘のもとに幽霊として現れた。がらんとした実家の様子を思えば、父は母の前には出ていないはずだ。

「お母さんにも、美味しい酢豚食べさせてくれって言いに行きなよ。酢豚、味噌煮、酢豚、味噌煮って交互に作ってもらいなよ」

「お母さんのところは、いいよ」

「よくない。ぜんぜんよくない! だってわたし、お父さん来てくれて嬉しかったもん。幽霊でも会えて嬉しかったもん!」

そうじゃなかったら、日本酒選びに奔走《ほんそう》なんてしない。

英作は、定年した三カ月後に急死した。会社で危篤《きとく》の連絡を受けた一花が、駆けつけるのすら間に合わなかった。

どこか現実味を帯びないまま見送り、四十九日を終え、突然やってきた父に迷子を疑ったのも、供養《くよう》に不満があるのかと思ったのも、だからだ。

「お父さん。お母さんもハリゾーも待ってるよ」

訴えると、英作がふと表情を曇らせた。

「お母さんは待ってないと思うよ」

「待ってるって」

「いや、怒ってるはずだ。――こんなに早くに死んじゃって」

「そんなのあたりまえじゃん」

一花は呆れた。

「それを言うなら、わたしだって怒ってるよ。なにやってんのお父さんって思ったよ」

父のせいではないと承知だ。承知でも、いまだにどこかで受け入れられない。

「っていうか、悪いなって思ってるなら行ってあげてよ。わたしは充分楽しかったから。日本酒は口実で、会いに来てくれてたんでしょ。ほんとうに、本気で嬉しかったから」

英作は、かすかに驚いた顔をしてから言った。

「ばれてたのか」

「ううん。龍矢くんに教えてもらうまで、わかってなかった」

「そうか」

ちょっと笑った父が、龍矢を見た。

「きみは、娘より早く死なないでくれよ」

「できる限り努力します」

「それでももし死んだら、娘に会いに行くかね」

「叶《かな》うのでしたら」

英作のように、幽霊になれたら。

「叶うような死に方なんて、しないほうがいいんだよ。正直、わたしは納得していない。だからきっと、こんなふうにさまよっていたんだ」

「過去形なんですか」

するどい龍矢に、英作が苦笑した。

「今日きみに会えて、一花の気持ちも聞けたからね」

「お父さん、やだ急にそんな」

引導を渡すのだと息巻いたくせに、一花は怖くなる。

いやだ。これが最後みたいに。

「一花。神亀、もう一杯注いでくれないか」

「注いだらいなくなるんでしょ」

声を震わせた一花はそっぽを向いた。

父が笑った。

「お母さんの顔、見てくるよ」

でもそのあとで、行っちゃうんでしょ？

口を開けば泣きそうで、訊けなかった。目に涙を溜《た》めた一花は、龍矢に促されて酒瓶を手にした。

一献《いっこん》。きれいな、ごくごく淡い金の酒を、英作が味わう。

「美味《うま》いなぁ」

しみじみつぶやかれると、泣けてきた。なんで今日はダメ出しじゃないの？

「磯村くん」

酒を飲み終えた英作が言った。

「はい」

「一花を頼むよ」

龍矢が歯を食いしばってうなずいた。

「じゃあね、いっちゃん。お父さん、そろそろ行くから」

父が立ち上がる。いっちゃんなんて呼ばれたの、何年ぶりだろう。

「お酒、付き合ってくれてありがとう。ほんとうは、どれも美味しかったよ。嬉しかった」

「一回、逃げてごめん」

いましか謝れないと、一息に言った。

「前回だろう？　じつは、お父さんも来なかったんだ」

父も気まずかったのだ。

目が合うと、父はほほえんだ。

そのままうっと、姿が消える。

こらえきれなくなって、一花は号泣した。

これで終わりなのだ。もう、こんなふうには会えない。

「一花ちゃん」

支えてくれた龍矢に、一花はすがりついた。

「お父さんのこと、奇跡だったんだと思う」

龍矢の言うとおりだ。これは、誰の身の上にも起こるわけではない奇跡なのだ。

お父さんありがとう。ありがとう。ごめんね。お疲れさま。

一花は心の中で父に呼びかけた。

父はいま、母のもとへ向かっているのだろうか。そもそも、ちゃんと姿を見せるのか。

見せないかもしれない、と思った。声をかけるだけかもしれない。
意地っ張りのへそ曲がり。そして不器用。それが父だ。
「一花ちゃん。神亀さ、御神酒《おみき》に使わせてもらおう」
龍矢がささやく。御神酒。つまり、結婚式に。
一花は父が空《から》にした酒瓶を見つめた。
霊亀の尾が、優しくそよいだような気がした。

※この作品はフィクションです。実在の人物・団体・事件などにはいっさい関係ありません。

集英社オレンジ文庫をお買い上げいただき、ありがとうございます。
ご意見・ご感想をお待ちしております。

● あて先
〒101-8050　東京都千代田区一ツ橋2-5-10
集英社オレンジ文庫編集部 気付
前田珠子先生／桑原水菜先生／響野夏菜先生／
山本　瑤先生／丸木文華先生／相川　真先生

美酒処 ほろよい亭

日本酒小説アンソロジー

集英社
オレンジ文庫

2019年2月25日　第1刷発行
著　者　前田珠子
桑原水菜
響野夏菜
山本　瑤
丸木文華
相川　真
発行者　北畠輝幸
発行所　株式会社集英社
〒101-8050東京都千代田区一ツ橋2-5-10
電話【編集部】03-3230-6352
【読者係】03-3230-6080
【販売部】03-3230-6393（書店専用）
印刷所　大日本印刷株式会社

※定価はカバーに表示してあります

ISBN 978-4-08-680241-3 C0193